蚀骨塔

老晃　著

九州出版社
JIUZHOUPRESS

当晚，如果洛阳城里有人正好在赏月，就会看到，城南夜幕里掠过一头巨鹏，巨鹏背上载着一个少年。

印听见父亲躺下了。一炷香后，他摸下床，在黑暗中穿戴整齐。他套上草履，为的是不让父亲听见脚步声。今晚，刑和草鸡要带他去那家妓院。妓院在城东，他得快点跑。跑得浑身是汗，可他不敢停，他担心一停下就会放弃。也不敢回头，一回头就看到那座塔，那座高高在上的黑塔，每晚压得他透不过气。

一直跑到归云坞门前，他才停住脚。

刑和草鸡不在那儿，他们把他忘得一干二净。不是忘，是根本没把这事当真。他们偶然走进碑林，本想偷拓几张法帖，却意外撞上印，他们是怕守塔人的儿子告发，才哄骗他说要带他去妓院开开眼界。当然，为了让假话显得真，他们约他今夜子时在这里碰头。他们绘声绘色地向他描述女人的好，说得印的心怦怦直跳。

他见过女人，当然，有一回，他还见过皇上的宠妃靳呢，她来塔下祭拜先祖，披着粉袍。印当然知道女人的好，但他从没摸过，他想摸摸看。

可刑和草鸡把他忘了，他们对这孩子信口开河，得到想要的东西，他们不需要再记得他。谁能想到，一个守塔人的儿子，才十七，会那么迫切地想要摸一下女人。

印站在妓院门前，抬头看那块金匾，没错，就是它：归云坞。

不断有男人进进出出，有的比印大，大很多，有的比他小。还有女人，她们出门送客，站在廊檐下向夜色招着手。老鸨送走一批客人，扭头看到印。

“站这儿干吗？快进哪。素千，你引他进去，这么漂亮的后生，我都想伺候。”

老鸨咯咯笑着，去引其他客人。那叫素千的姑娘卷来一阵异香，她拉起印的手，朝迎来送往的坞中姑娘们走去。

“第一次？”素千拢拢头发，捏着印的胳膊肘问。

印咽了口唾沫：“嗯。”

他看着那叫素千的女人的背，一直向下，不敢看脸。她的腰可真细，屁股真圆，像藤上新长熟的葫芦。

妓院真好，又香又暖和，刚散掉的汗又密密出了一层。印抖抖肩，上了二楼。

“摸啊。”她说。不是素千，是另一个女人。

铺着软蒲团的台榻上坐着四个女人，全盯着印，发出同样的邀请。“摸啊。”她们说，“摸啊。”

印想摸，可他不敢，连一直看着都不敢，眼睛无处放。

第四个女人从蒲团上起身，走到窗边，拿起一册书。印盯着她。她们全光着身子，或者说，几乎光着。第一个女人拿起一把牛角梳，给第二个梳头，第三个端起一盘葡萄，朝印走过来。葡萄是紫红色，又大又圆，印从未见过。在他看来，还是第四个女人最美。

今晚之前，印只在很小时见过女人的身体，那是很久以前一个突然跑到塔林避雨的女人。那天夜里，她走进仓房，印躲在柴堆后面，看到她让钟给她烧水。印的父亲叫钟，是个鳏夫，女人试图勾引他。印记得，那女人很白，像有一年连下三天的大雪。钟弄了三锅水，有凉的、温的和滚烫的，用的是蚀骨溪的泉水。三锅水倒进木桶，那雪白的女人当着钟的面脱光衣服，爬了进去。

那天后来的事，印不记得，无论如何都记不起来。第二天很早，他起床，看到钟从后山回来，满身泥土，阴沉着脸，女人和桶都不见了。印问钟："父亲，我们的桶呢？"他当然不能开口问女人的去向。钟告诉他，木桶被他埋在后山，还压了一道符。

"不准动那道符，听见没有！"钟的语气十分严厉，比以往的严厉更加严厉。印都记得。可后来他怎么也找不到那道符，他怀疑，钟说的不是真的。

"摸吧。"第一个女人放下牛角梳，笑眯眯地冲印说，

“你不摸，姐姐可走了。”

印偷偷看一眼那个读书的女人。第一个女人点点头，招呼其他两个：“好了，他选好了。”三个女人离开，留下印和读书的女人单独在房里。那女孩子斜依着一面绣着孔雀的屏风，捏起一页纸准备翻页，动作是懒洋洋的，和她的姿势一样透露着柔媚。

“你……”印还是紧张，“在看什么？”

女人放下书，收住下巴怪有趣地瞧着他：“你也爱看书？”

“不，我不识字。”

“没关系，反正，”女人欠欠身，“你们男人来这种地方也不是为了看书，对不对？”

看到她在咯咯笑着，印突然很想摸她，想把她从上到下摸一遍。他想知道，那是不是和自己想的一样。在他想象里，那该像绸缎一样柔软，像鼓一样饱满，像新鲜豆腐一样温热。

“摸啊。”女人放下书，朝他走来。

印开始发抖。就像他小时候一样，怎么可能不呢？她贴近他，把他的手拿起来，放在自己胸口。印没有移动手掌，也没有弯曲手指，就那么把手平摊在她肌肤上。这感觉如此温暖，近乎灼热。女孩将他的手紧按在自己乳房上，轻轻摩挲。她在笑。

印全身的血都在沸腾，他感觉屋顶在下沉，直朝自己压下来，压得他喘不上气。额上的热汗变成冷汗，他头晕目眩，险些忘了该怎么呼吸。他抽回手。

他记得，自己用比来时快得多的速度往回跑，一口气跑出妓院，跑上大街，跑过细水桥，跑过沙沙作响的苦竹林，他记得他看到塔时，一轮明月正从塔腰探出头来。

他跑丢了一只草履。

第二天，印光着一只脚在菜园给丝瓜和豆角浇水的时候，还在想昨晚的事，想那个女人。他想再摸一次她的身体，这念头醒来后一直挥不去。他没记住她的脸，但记得她的皮肤，她头发里小苍兰的气味和她手上的书。他对她撒了谎，他识得几个字，知道她看的是《搜神》。钟禁止印读书，说那会乱人心智，可印爱看，偷偷看，其中就有《搜神》。

那女人昨晚在看的是赤松子的故事，他知道。

赤松子是神农时的雨师，他服食水玉散，还把这方法教给神农。他遇火不伤，遇水不死，胆大敢为，他去昆仑山，竟有胆量溜进西王母的石屋。他能乘风，又能驭雨，炎帝的小女儿爱上他，随他而去，得道成仙。印喜欢这个故事。有一次，他

问钟，自己长大能不能也当雨师。钟打了他一耳光，那是他唯一一次打他。印一直搞不懂，钟为什么不准自己读书，又为什么打自己，但这时候，他觉察钟正朝自己走来，赶紧把光脚插进泥里，怕他看到。

“今天的汤药可喝了？”钟阴沉着脸。

“喝了，父亲。”

印自小体弱，三岁时误食魁麻中了魁毒，因贻误医治，只剩下一口气，幸好，一个游方道人经过，给钟一个方剂，又说：“此药须用蚀骨溪水煎熬，每日吞服，你儿方可保命。”

第一剂药下去，印果真起死回生。十四年来，这药，他一天没停。

那道人警告钟：“药停一天，你儿必死。”

这就是钟后来为什么成了守塔人，守着山后的蚀骨溪哪也去不了的原因。印恨吃药，那汤药无色无味，可他却苦不堪言。他恨那道士，他救自己的命，却把自己和钟一同囚禁在这塔林，永无尽头。

“鞋呢？”钟猛然放下扁担。桶里，溪水漾出来。

“我……”印老早想好一个托词，可见到钟却不敢说，怕被识破。钟常常责罚印，私自下山，守夜打瞌睡，吃饭不吃净，都要罚。印不怕疼，可钟极少打他，只让他跪，跪在母亲牌位前，头顶六片青瓦。每跪是两个时辰。

“又下山了对不对？”

“父亲……”印感到悲伤，这悲伤渐渐升成怒气，“为什么我不能下山？我十七了！”

“觉得自己是大人了，可以去那种地方鬼混了？”

印猛吃一惊，他不明白，钟是怎么知道的。他有些怕。

“还记得怎么回来的吗？”

“跑，跑着回来。丢了一只鞋。”

“跑回来？”

“跑得很快，进门时，月亮头还没过子午山。”

钟摇头大笑，笑得十分吓人：“才十七，就过上让人扔出妓院的日子，成何体统！”

“没有！我才不是被人扔出来的。”印感到屈辱，他不懂钟为什么总要这样羞辱自己，就像自己不是他的亲骨肉，而是他养的一条狗。

“你不能碰女人。”钟像叹了口气，“碰女人，你会毒发……”

钟看着错愕不已的印，心中难过。昨晚，他很早就睡下，可很快又醒来。想起七天后就是妻子忌日，他再无睡意。他想给牌位前的油灯添油，刚起身，就听山门微微响了一下。他担心有人潜入，于是去唤醒印，却发现他不在屋里。

他立刻猜到，印又偷偷下山了。这是半年来的第三次。

果然，油灯在突突跳。钟犹豫一下，那片刻的迟疑让他后怕。他不敢耽搁，立刻动身。有时，他也觉得印可怜，可追到地方发现那竟是家妓院，他大吃一惊。没想到，印会跑到这种地方来。看到印被人扔出归云坞，额头一片紫黑，钟的吃惊变成了恐惧，他一刻不敢迟疑，背起印就往塔林跑，可他却越来越沉。钟抬头看天，明白一炷香之内无法赶回塔林，印会发作，难以收拾。他没有别的选择，只好作法，就地化身。

当晚，如果洛阳城里有人正好在赏月，就会看到，城南夜幕里掠过一头巨鹏，巨鹏背上载着一个少年。飞的时候，钟尽量贴近地面，他不想让人看到，可偏偏就有一个人看到了，这人从西域来，名叫灯。

02

“我要死在……”女夏抬起头，手指远处的子午山，山顶上那座高塔黑魆魆地矗立。“如果非死不可，非得死在你手里不可，我想找个干净地方。”

灯有两个胃，因而食量惊人。这两个胃，一个只食素，一个却非肉不行。肉不是鸡鸭鱼、牛羊猪，是要吃人，活人。有时候，灯觉得自己是为这两个胃活着，食素的叫他清心寡欲，吃肉的叫他怎么残暴怎么来。他吃肉的时候，素胃会绞痛，他若吃素，肉胃就呕吐让他难堪。每餐都很头疼，但最头疼的，还是常常必须去杀人。

杀人让他变得更丑。他的外表本就十分可怕，浓密的黑发一直垂到大腿，稀疏的胡须则到肚脐。他的指甲像鸟的爪子，在烂布无法遮盖的背部和腿上，皮肤像鱼鳞一样一片一片脱落。人们看到他，总要远远躲开，孩子们若在集市遇上他，就一边追赶一边用石子打他的头。

他不吃小孩，只吃落水的成人。有时他饥肠辘辘，就要设法将路人推下池塘。他到洛阳，起初饿了整整三天，那食肉的胃常给他好看，走着走着，吐出一口酸水。直到他走到洛河，发现在这里人们不顾宵禁之规，明目张胆地在夜间游泳。第一天，他在河边抓住一个米铺伙计，那人在水里拼命挣扎，打着水花，徒劳地想要逃走。灯毫不费力就把他拽到河底，踩着河底的淤泥，将其剥开，囫囵吞下去。

这血腥的场面没引起任何人注意，和米铺伙计一同来游水的七八个青年，不久陆续回到城里，他们根本没发现同行之中少了一人。

第二天，灯又来到这里。河岸上，一个老人在垂钓，专心致志地盯着河面。灯打算上前与他交谈，他想找人说说话，如果他不肯，就把他推进水里吃掉。

老人递给他一壶茶。灯尝了一口，是罗刹红茶。他暗暗吃惊。

“这茶，哪里买的？”他故意不动声色地问。

“诸葛桥，就在——”老人抬起手，指着城中方向，“喏，城南染坊的隔壁。”

灯又喝了两三口，他知道，那不是本地能买到的茶。

“先生觉得怎样？”老人扭脸瞧他。

“入口很硬。”

“硬得很有滋味，对吧？要细细品，才能品出这个滋味。”

“在滋味出来之前，牙齿受不了。”

“是吗？可先生难道不是从罗刹来的吗？”

灯退后几步，他感到惊骇，左右看看，担心有埋伏。他怀疑，老人是死幕派来的。他心里清楚，几个月来，死幕从没放弃对自己的追杀，一刻也没有。死幕有六十六个弟子，遍布西域，他们极有可能追踪自己来到洛阳。

“我说，你还是先坐下吧。”老人不耐烦地说。

“为什么？”

“你没看见，你吓走了我的鱼。”

“胡说，这河里根本就没有鱼，”灯怒气冲冲地说，“只有石头和沙子。”

“你跳进去，不就有了？你要不要跳下去试试看。”

“河水太脏。”

“可是，是谁脏了这水呢？”老人拎起鱼竿，鱼钩上空空无物。“可以请先生把鱼饵递过来吗？”老人和蔼地说。

灯提起竹篓，他心里没底：“你把我当仆人使唤？”

“年轻人，你弄脏我的河，我不过请你帮个小忙而已。”

“水本来就脏，怎么是我弄的？”

“你不在水里吃人，它又怎么会脏？”

“你！”灯抽出短笛，时刻准备防卫，“你是谁？”

“我？一个钓鱼的老朽而已。”老人笑眯眯地说，“难不成，你想把我也给吃了？我老得只剩骨头，会卡了你的喉咙，刺破你的胃。”

“是死幕派你来的？”

“他算个什么东西！”老人收起他的慈悲样，怒气冲冲地说，“真该抠掉你的眼珠，反正你长着那对活物也没用。”他夺过竹篓，伸手从里面摸出一颗眼珠刺在鱼钩上，“还是先钓鱼，不能让它等急了。”

鱼饵沉入河面，河水立刻变得暴躁起来。不是河水自己在动，是一大群鱼正向这里涌来。

“我知道，知道你是谁了！”

“嘘……”老人拍打河岸，“闭上你的鸟嘴！”

从远处涌来的不是一群鱼，是一条，一条又黑又大的水鬼鱼。转瞬之间，它已来到河边，张口就吞下那颗人眼。老人毫不手软，立刻起竿，这时鱼再想吐出鱼钩就已经来不及，它摇头摆尾，横冲直撞，掀起一道道骇浪。河水扑上河岸，湿了老人的衣襟。

“畜生！”老人站起身，拽起鱼竿往后退出几步，“还不帮忙！”

两人一起用力，将那水鬼鱼生生拽上河岸。水鬼鱼离水，更显几分凶残，它将镰刀似的鱼尾横扫过来，顷刻斩断一棵碗口粗的柳树。灯从未见过这样大而凶猛的鱼，他亮出爪子，想要冲上去撕破鱼腹。老人一把攥住他：“等一下！”

月亮从河面上升起，将光辉洒下。水鬼鱼腾空跃起，想用最后一口气返回水里，可是太晚了，月光落在它身上，“砰”的一声，它全身炸裂。一大堆散乱的铜钱，掉落在地。

灯瞠目结舌：“它是……”

“是啊，它可不就是你吃的那米铺伙计遗落在河边的钱袋嘛。”

“钱袋怎么会变成鱼？”

“岂止钱袋？铜镜、发簪、匕首……凡枉死河中的人最后触碰的金器，都会吸收冤魂的戾气，化成水鬼鱼。水鬼鱼出没的河湾，别的鱼就不来了。你说，我该不该怪你？”

“前辈，晚生知错。”

“那还不赶紧把钱给我捡起来？”

灯单膝跪地，借着月光，毕恭毕敬地捡拾铜钱。

“明天一早，”老人说，“你到集市去，把这些钱全花掉。一个不留，留不得。”

“留下会怎样？”灯怯生生地问。

“一个钱会变两个，两个变四个，四变八，等凑够这一百二十八枚铜钱，它又会变成一条臭鱼。你跟你师傅到底学到点儿真本事没有，还是只学会了拐带他的女弟子？”

灯当即跪倒，“当当当”磕三个头：“师叔，弟子灯拜见驭野师叔。”

“起来吧。”老人一脸杀气，“你师傅托梦给我，不是让我教你钓鱼的……是要我取你的命！”

灯有三个师傅。第一个师傅教他涉水，第二个留给他一支能摄人心魄的鹰笛，第三个师傅就是死幕，教他吃人和成为猎妖师。为了成为猎妖师，灯听了死幕的话，吃了自己另外两个师傅。吃第一个师傅，灯生出全身鳞片，吃第二个师傅，他长出一副丑陋的鸟爪，但从此，死幕成了他唯一的师傅。死幕交给他的第三个任务，是吃掉女夏。灯没能吃掉女夏，被她逃脱了。为了惩罚灯，死幕要杀他。灯逃出罗刹，混入商队穿越西域，这才来到洛阳城。

“我可以不杀你，”驭野说，“七日内，你带她的头来见我。”

“谁？”灯知道他说的是谁，但故意叹了口气，“可我找不到她。”

“她就在洛阳。”

灯愣了一下：“您当真不杀我，为什么？”

“提她的人头来，我告诉你为什么。”

“她在哪儿？”

“小子，别跟我耍花样，她在哪儿，天下没人比你知道得更清楚。”

驭野说完便收起鱼竿、鱼篓，晃晃悠悠朝城里走去。灯抱着那堆铜钱，坐在断柳上。他知道自己死期将至，这次他恐怕只能杀了女夏。驭野没和自己开玩笑，他是能驱动百兽的四方尊，和他抗衡，自己毫无胜算。想到这儿，他长叹起身，将头颅仰起，用右手攥住下巴，用力一拧，“咔嚓”一声，女夏从他背后，从他的肩胛骨里挣脱出来。她一挣脱，就立刻飞奔出去，同时，带走了灯肚子里那个食素的胃。

“别跑了，难道你觉得你还跑得掉？”灯叹口气，重新坐下。

女夏钻进树丛，扶着一棵杏树颤抖。早熟的杏子掉下一颗在她肩上，滚进草丛。“你不会真杀我的对不对？”女夏声音纤细而柔弱。

“你都看到了，我能怎么办？”

“我们继续逃，往南方去。”

“再也无处可逃。”

女夏闭上嘴唇，藏起牙齿，轻轻离开藏身之所，她望着灯的眼睛里全是泪水：“杀了我，他一样还是会杀你。”

“可我想赌一把。”

“赌什么？”

“赌他不会杀我。你看不出来吗，我对他有用。”

“你非杀我不可吗？”女夏感到绝望，在生的希望破灭和绝望涌入心头之间尽是疲惫，她抚摸了一下灯手里的笛子，淡淡地说，“那，我不想死在这儿。”

“地方你选。”

“我要死在……”女夏抬起头，手指远处的子午山，山顶上那座高塔黑魆魆地矗立。“如果非死不可，非得死在你手里不可，我想找个干净地方。”

灯顺她手指的方向，抬头看那座塔。

月亮正从塔腰缓缓升起，夜色平静。突然，在疏朗的夜空中，一头巨鹏展翅飞过，它向着塔林的方向，缓缓落了下去。灯愣住了。

“你看到了吗？”

原本四散在林中的萤火虫突然聚拢在一起挡在印面前，不让他过去。印不耐烦地拨开它们，可它们毫不退却，又立刻重新聚集在一起，拦住他的去路。

印从铁匠铺出来，那条狗又跟着。

他很累，又很脏。在热焰熊熊的火炉前，他待了整整一天，挤在一起的是几个爱吃生蒜的伙计，掌柜养的那条独眼老狗，还有把鸽子笼放在膝盖上的铁匠铺掌柜本人。每个月总有几天，印得到铁匠铺去帮工，没工钱，只管两顿饭。逢年关，铁匠铺会送给钟一把新锁，钟用它换下塔上的旧锁。从七岁起，印就在铁匠铺做这件事。一开始，他以为钟想让他学铸剑，但十年过去，他只是负责烧火。掌柜的不喜欢他，有一次，为了给西府王员外赶铸一套铁犁，印在铁匠铺熬了三天三夜，他累坏了，坐在铁砧上打起瞌睡，掌柜的冲过来，劈头盖脸地用皮鞭抽他。那天之后，掌柜的不准其他伙计再和他说话。钟告诉印，铁匠铺里的铁砧不能坐，那是太上老君的膝盖。近千年来，东土的铁匠师傅们用他们的血和汗，毫无怨言地供奉太上老君，太上老君用他的丹炉炼制长生不老丹丸，而铁匠们永远只是出卖苦力。印觉得，自己在这卑微之中做着最为卑微的事，他从没喜欢过铁匠铺。

有时候，印会考虑离开钟。

这街道，这座城，这红殷殷的天空，这一幢幢房屋后面传来的嬉笑，都与他无关。风在酒肆拐角周围戏耍，吹动镶着金边的酒旗，勾引着他。印摸了摸兜，一个子也没有。

钟经常饮酒，逢酒必醉，烂醉，却从不准印碰酒一下，就像不准他碰女人，碰那座塔，碰塔林深处蚀骨溪尽头的那眼泉。不准！不准！不准！总之就是把自己投入在这无形的囚笼。印时常感到，自己不像父亲的儿子，而是他的囚徒。

他又想起那个妓院里的女孩子，他想一直沉醉在那晚的梦里。印想到死。

死对他再容易不过，只要不吃药，那应该很快。死，就一定很坏吗？自己能得到解脱，钟也一样。钟比年轻时老了很多，胡须花白，背也弯了。印曾听铁匠铺的人讲，钟年轻时相当风流，那些从波斯来的金发碧眼娘们，尤其喜欢找他喝酒，他们彻夜跳胡旋舞，寻欢作乐。现在，当初那些波斯人大都离开东土，风沙一样消失得一干二净，钟却躲在塔林守着一个病孩子，哪儿也去不了，再也没有女人能看上他。

“那我娘呢？她是怎么死的？”

没人回答他这个问题。钟从不在印面前提起他母亲，印只知道，母亲在自己出生不久就死了。尸骨火化，撒入洛河。

印从不下水，水让他害怕。

站在细水桥上，印俯身看着黑沉沉的洛河，感到阵阵屈辱。独眼狗站在他身后，用那只浅灰色的好眼瞪他。印发现，自己踩着一张纸。狗朝他吠了两下，躲到一边去。印捡起纸，那是肉铺用来包牛腩的草纸，浸透一层黏稠的鲜血。印将它揉成团，想扔到河里去，想想，还是扔给狗。

为了那带血的纸团，独眼狗和一只路过的野狗撕咬起来。桥丁鄙视地看着印。

印想到死。

这天晚上，印没有吃药。钟问他的时候，他说他吃了。钟没怀疑。

印听见父亲躺下。一炷香后，他摸下床，在黑暗中穿戴整齐。他套上草履，为的是不让父亲听见脚步声。草履是新的，这让印走的时候，不免感到一阵心酸。

穿过塔林，跨出山门，印朝子午山走去。他给自己挑了一个等死的地方——蚀骨溪源头的那眼泉。他不期待惊喜，但傍晚时下过一阵暴雨，此时山里是湿漉漉的，四处都是萤火虫。走在这样的山路上，印心口灼热，要死的决心使他激动不已。

这是十七年来，唯一由自己决定的一件事。他想。

印想起父亲，想起他喝酒时，把头凑在碗边上发出很响的声音，想起他醉酒后的种种丑态。有一次，钟醉倒在一口酱缸里，第二天，胡子全变成火红色。他还想起钟额头上那道吓人的疤，那道疤一直撕裂到耳后，使他总是披散着头发。这个和自己生活了十七个年头的人，从没对自己笑过，哪怕一次。可想到死，印不再怨恨父亲，他为自己的死能给钟也带来解脱而欣喜。

溪水的尽头，泉眼近在眼前。印加快脚步。

猛然间，山上吹来一阵温热、躁动的风，随即，大地剧烈抖动了一下。

“嗵！”就像雷神将子午山顶当成铁砧，狠狠砸下他的斧锤。树上的积水成片落下，打湿了印的肩膀。“嗵！”又一斧。巨响由远及近，越落越疾。

印看到，远处的山脊上，一个女人劈开萤火虫聚集的夜色，正朝自己飞奔而来。

“救命！”她大喊。

女人披头散发，发了疯似的冲向印，他们撞在一起，抱在一处，滚下泥泞的山坡。印感觉到，自己的脸、前胸和膝盖都受到重重的撞击。疼，浑身都疼。

一棵去年夏天就死掉的花椒树，挡住他们。

印从嘴里吐出一口血沫，有至少一颗牙显然被撞松了。他迅速看了那女人一眼，发现她是一个相貌极漂亮保养得极好的美人儿，眼睛碧绿，像盛夏里的一汪深潭，可她被撕碎的裙子上沾满泥巴和血污，肩膀靠近脖子的地方，一道吓人的伤口还在向外渗着血。

“快救救我，”女人抓住他的手，“他要杀我！”

印一骨碌爬起来。可身后什么也没有，面前只是黑魆魆的寂静森林。印摸摸膝盖，裤子划破了，皮肤也擦破了，两手都擦伤了，指甲里嵌着泥土。他用力从袖口撕下一条干净的布，想给她包扎一下：“你别动。”

“不！”女人惊恐地向后爬。

印转过身，现在他终于看到那个追赶她的家伙。这东西不能称之为人，他全身赤裸，肩膀浑圆，圆桶似的庞大身躯像皇宫门前的石狮突然站立了起来。迎面吹来的夜晚的凉风，吹动他鬃毛式的长发。在印看他的时候，他正抬起那颗大脑袋，用鼻孔向外喷着热气，黄色的大眼睛带着仇恨，眯成一条细细的缝。

印的胳肢窝在出汗，他嘴干，胃里的灼热使他难受。这个死法是他没料到的。

他慢慢蹲下，尽量不引起注意，暗中握紧一块锋利的岩石。那东西朝他走了两步，猛然张开血盆大口，发出一声恐怖的咆哮。整个子午山地动山摇，山上所有活物全屏住了呼吸。

“啊，啊啊……”一群乌鸦聒噪着向后山飞去。

“我一冲上去，你就跑！”印压低声对身后的女人说，

“往山下跑，往塔林跑，塔林有封印，邪魔妖祟进不去。”

可是，他话音未落，那女人已经冲了出去。她慌慌张张跑到空地，向着他说的相反方向朝小溪边逃去了。

“错了！”印大喊。

那可怕的巨人显然没把印放在眼里，他直奔女人而去。印咬紧牙，用力将石块扔向他的头。巨人被激怒，转身朝他冲过来。

印低头钻进林子，拼尽全力朝山林深处跑，指望浓密的树木能拖慢巨人的速度。不料，巨人突然将一棵银杏树连根拔起，他挥舞树干，给自己开路。印唯一可仰仗的只是自己的灵活，他活像只猴，在树与树之间飞快穿梭。巨人力大无穷，却总被他巧妙逃脱，这大大激怒了他。意识到时机成熟，印突然弓起身子，以最快的速度朝西边的竹林冲去。

钟常常在那片竹林砍伐竹子。竹子长得很快，那些长到碗口粗的老竹，必须砍掉，好让新竹生长。印知道，竹林就像一个天然陷阱，能困住巨人。

果然，巨人一追到竹林边就停下脚步，他迟疑起来，鼻孔长大，朝空中嗅，寻找着女人的方位。终于，他放弃印，扭头朝蚀骨溪尽头跑去。

印捡起一块石头，用力敲打竹竿：“嘿，丑八怪，你爷爷我在这儿！”

巨人对着竹林发出恐怖的咆哮。一块石头飞来，正打在他左眼上，他恼怒着俯身冲进竹林，企图把印就地撕个粉碎。印在竹林里灵活穿梭，尽量和他保持距离，同时不断寻找机会羞辱他。狂怒的巨人左冲右撞，想撕开一条道路。就这样，他慢慢闯入竹林的最深处。猛然间，他光着的脚狠狠踩在一段死竹上，锋利的竹子刺穿脚掌，他大吼一声坐在地上，一截断竹又刺进他的后背。

所有竹子、竹竿、竹笋都在和巨人作对，他越是挣扎冲撞，受的伤就越多。印趁机溜出竹林，一刻不停，飞快朝泉眼方向跑去。

泉水丝毫不受打扰地流淌着，可女人不在那儿。

“你在哪儿？”印压低声音喊，“出来吧，他被我困住了。”

女人躲在那棵老樱树的枝杈间，但她却小声对印喊道：“我躲在树洞里，我被卡住了，你快来拉我出去。”

印毫无防备，朝黑魆魆的树洞走过去。

原本四散在林中的萤火虫突然聚拢在一起挡在印面前，不让他过去。印不耐烦地拨开它们，可它们毫不退却，又立刻重新聚集在一起，拦住他的去路。

“走开！”印捡起一根树枝，在空中抽打。

顿时，萤火虫分成两片，一片继续阻止印接近树洞，另一片，则朝女人躲藏的树上飞去。那些晶莹透亮的小虫，一靠近女人就贴在她头发上、衣服上、脸上和手上，往里钻。

“走开！”女人惊叫着挥舞衣袖，“快走开。”

“快下来，”印抬起头看着她，“我带你离开。”

“我不！他会追上来。敢咬我！”女人捏死一只萤火虫，“我……”

女人突然失足从树上跌下，正砸在印头上，他们滚落在一处。印猛地翻过身，压在她身上，“嘘……”他捂住女人的嘴。他们屏住呼吸，趴在草丛里。

萤火虫都不见了。

不远处，伤痕累累的巨人冲出竹林，踉踉跄跄跑到溪边，趴在岸边大口喝水。脚掌上的那处伤口让他很不好受，穿透他肺的那根竹子还留在身体里，使他每呼吸一次，嘴里就冒出稀薄的、有泡沫的血。他越来越衰弱，只好把手掌握成拳头，撑在岸上。他浑身疼痛、充满仇恨，他把全身残余的体力都调动起来，却只能用来喝水。随着水越喝越多，他的怒气和喘息声渐渐平息，他的身体也慢慢变成一座石狮，就那样蜷伏在岸边，一动也不动了。

这诡异的景象看得印一脸惊诧，完全忘了自己还压在女人身上。女人仰面朝天躺着，大气不敢出。等印终于反应过来从她身体上一下弹开，他发现，女人满脸通红。

“你……”

“我没有。”他弯腰捡起一块石子，掩饰着慌张。

他转过身，努力警告自己不要显得那么愚蠢，可他的脸却一直烧红到耳根。他扬起手，把石子朝溪边的石狮扔过去，石子打在石狮光滑的背上，“叮”一声，落入潺潺的溪水。

“它死了？”

“不，还没有。”女人抬头望着樱树枝儿，树梢上，有几片像被虫啃过的树叶。“我们走吧，这里虫子太多了。”她说。

尖锐的啸声突然刺破夜色，带着一根锋利的竹竿朝他们飞来。印紧紧抱住女夏，把她藏在树后。“砰！”竹竿深深插入枫树树身，树皮飞溅，树叶翻飞。

女夏昏迷了一整天。这期间，钟去山下请来丁。丁是钟的酒友，是位郎中。

丁和几个乡下人赌钱，手气正旺，舍不得走。钟俯身在他耳畔低语，丁听完，立起眉毛，起身就走。一路上，两人都没开口。丁跟在钟身后，双手颤抖。

处理完女夏的伤口，丁把钟拉到院里，带着明显的责怪问他："老糊涂，十六年前，那个波斯女人——菊，记得吗？你求我帮她接生下一个女婴，当时你跟我说什么？你说你绝不会把这孩子留在身边。"

"这不是她。"钟脸色铁青，"她是印从后山捡来的。"

"捡来的？这么个大活人你说是捡来的？"

"的确是自己闯来的。有人在追杀她。"钟走到廊壁前，颓然坐下，丁的疑问使他惶恐，"她怎么会是菊生的那个孩子，简直乱讲。她怎么样？"

"死不了。"丁手扶廊壁，坐立不安，"你怎么能肯定她不是？怎么就这么巧，一个十六七岁的波斯女子偏偏跑到你这儿来？印给我们捡来一个大麻烦。"

"我们？"

此时，城中的暮鼓响起。

钟背后的白墙映照出红色霞光，塔林里夕阳渐渐西沉。院里的槐树，被夕阳照射出长长的影子。丁走的时候失魂落魄，仍半信半疑。钟知道，自己无法打消他的疑虑，于是请他一定严守秘密。

“那还用说。”丁依然一脸惶恐，带着愠怒和遗憾拍拍钟的肩膀，“老朋友，你我缘分至此就算尽了，多保重。”丁说他要连夜离开洛阳，不会再回来。

钟无力挽留他，只好将他送出山门，丁请他留步，独自朝山下走去。丁是钟在洛阳城唯一的朋友，这些年的酒，多半是和他一起喝的。看着曾一同出生入死的老友这样仓皇而去，钟心里不是滋味。

钟让印待在家里，哪儿也不准去。他怀里揣着一叠朱砂写的符，拎刀上山。

印哪儿也不想去，现在他只想守着女夏，寸步不离。每隔一炷香，他就给她换一次额头上的纱布。他从地窖搬出冰块，凿碎放在盆里，将纱布浸湿。看着躺在床榻上的女夏，看着她婴儿般熟睡的脸，印突然怀疑，自己是不是已经死了？一天一夜，他滴米未进，却丝毫不感到饥饿。

终于，他忍不住凑近她的脸，在她额头上闻了闻。很好闻，可她好像没在呼吸。他直起身，盯着她的胸脯，她的胸部起伏缓慢。印再次俯身，将耳朵凑在她唇边，一股温热的气息缓缓吹入他的耳鼓，他觉得痒，心跳随之加快。

子夜时分，钟回来了，还是那样阴沉着脸。“哪有什么石狮子？”但他似乎在证实印的说法，“竹林里的确有血迹。”

钟给女夏换药，发现她的烧已经退了。他发现，印连衣服都没顾上换，就让他把那满是血迹和泥巴的脏衣脱下，扔到火炉里烧掉。印照办了，钟却猛然发现，在印的胸口上出现一片枫叶大小的酡红。印低头看了一眼：“没事，在山坡撞上棵花椒树。不疼。”

钟的脑袋嗡嗡作响，他极力压制愠怒和恐惧，希望印给他的回答是自己希望的结果：“你昨天没吃药，对不对？”

印的脸立刻就红了，一切发生得太突然，让他把上山本是去寻死这事忘得一干二净。“父亲，”他胆怯地说，“孩儿知错，我现在就吃。”

钟颓然倒在椅子里：“晚了，太晚了。”他这时才意识到，丁匆忙离开是明智的，印的冒失给自己带来了天大的麻烦，这麻烦，不是凭自己一己之力就能解决的，即使丁在，也只能是白白送命。

“不晚，”印依然懵懂地说，“要不，今天我吃两剂好了，反正你看，我也没什么大碍，只是几处擦伤而已。”

钟猛抄起拐杖，一脸怒不可遏。印愣了，赶紧跪下：“父亲，孩儿知错。你打吧。”

拐杖高高举起，钟却下不了手。“这一天终于还是来了。”他放下拐杖，深吸一口气，“你随我来。”他起身朝屋外走。

印站起来，又看一眼沉睡中的女夏：“父亲，你说，她会是从宫里逃出来的吗？我觉得，她比皇妃娘娘还好看。”

从前厅走到蚀骨塔，需九十九步。钟走得很慢，似乎每一步都承受着莫大的痛苦，但他没有犹豫。在塔底那扇铁门前，他解下脖子上的钥匙，开锁，推开门。

他看着印：“好了，你进去吧。”

“父亲，”印一脸困惑，“您不是……不让我到这儿来吗？这里有什么？”

印走进塔，什么都还没看清，身后的铁门就关上了。

“父亲？父亲！”印感到害怕，“快放我出去。”

“你休想再从这里出来！”

“父亲，孩儿知错，放我出去吧。”

任凭印如何哀求，钟毫不心软。他转过身，抬头望着升起的明月，双掌合十，默念着谁也听不懂的咒语，把钥匙扔进井里。

女夏躲在窗口看着这一切。发现钟朝自己走来，她赶紧躺回去，假装还没有苏醒。这时候，她开始感到肩上的伤口有些疼了。她咬牙忍着，屏住呼吸。

钟走到床头，看着她。

“姑娘，”钟对一动不动的女夏说，“我不管你是谁，和什么人结下什么样的恩怨，明日正午之前，请务必离开。”

女夏翻身起来：“求您，求您无论如何救救我，灯，他是不会让我活着离开的。”

钟盯着她，微微摇头。

“您赶我出去，就是让我死啊。”女夏哀求。

“明天中午，我送你下山，”钟平静地说，“一过细水桥，你就往洛阳城跑，不要停，也别回头，你的仇家不会追到城里去杀人。”

女夏苦笑：“那我宁愿死在这儿。”

钟不再和她说什么，他离开女夏，回到自己屋里。亡妻灵位前的油灯果然又在跳，跳得很厉害。钟慢慢走到桌前，抽出小刀，割破食指，就着血研磨。

这一夜，他挥汗如雨，将《金刚经》抄写了九遍。

印试图找到出路。他将塔底摸索了五六遍，终于拿起盘灯，走上螺旋形的阶梯。旋梯像没有尽头。他尽量紧贴墙壁，左肩时不时就会擦到墙面，有时，他得靠在上面休息片刻。他一心想爬到塔顶上去，看有没有出路，或至少有一扇窗口。他默默数着阶梯，一直数到六百九十，旋梯还是一样的旋梯，可走的路程显然已远远超过塔的高度。他靠在墙壁上喘着粗气，这时候，盘灯上的火苗突然跳动一下，随即熄灭。

黑暗中，印感到惶恐，这旋梯难道永无尽头？

只能听见自己的喘息，伸手不见五指，克服恐惧的唯一办法只有继续上行。印鼓起勇气，摸索着，将盘灯放在阶梯边上。接下来，他只好手脚并用，摸黑向上爬。

约莫过了半个时辰，他数到了九百九十，周围仍然只有黑暗，手脚触碰到的还是一模一样的旋梯、墙壁和令人迷惑的虚空。

这里，黑得就像十八层地狱。不，这地狱有九百九十九层。

印坐在台阶上大口吸气，尽量保持冷静。他并不死心，仍想继续，哪怕它有九千九百九十九层！可这时，他的手突然碰到一样东西，是盏盘灯，灯芯儿还是热的。手缩回来，心里一惊，他猛打一个喷嚏，身子一歪，竟从台阶上滑落下去。印脑袋里“嗡”一声，完了，九百九十级台阶滚落，全身骨头都得碎掉。可是，“咚”的一下，他感觉自己重重撞在铁门上。他爬起来，用手掌和脚尖向黑暗里摸索，吃惊地发现，自己竟然在塔底那间小屋里。

他飞快来到小桌前，点燃蜡烛，转身看旋梯。

一个巨大的黑影赫然站在那儿，他吓得倒退两步，腰撞在桌角上。定睛一看，他却笑起来，墙上的“黑家伙”不过是自己的影子。他环顾四周，再次观察这间囚室：塔底是个十分狭小的房间，靠墙放着一张木板床，床前的桌子也是木板的，此外，便再无他物，而被他放在台阶上的盘灯，不过是在第三级台阶上而已。

印大惑不解，难道，足足两个时辰，自己只是在两三级台阶上上上下下，从未走到更远、更高的地方？他想起钟长久以来的警告，不准碰这座塔！从前他不信，现在他却不能不信：这塔暗藏玄机。同时，他也明白了，钟把自己丢进塔里是在惩罚自己。

他想知道钟和女夏现在在做什么。女夏也许已经苏醒，钟可能会因为自己而连她一起怪罪，他会把她赶出塔林吗？他多半会那么做。

为了节省蜡烛，印吹灭它。

他手扶床板慢慢坐下，在一团漆黑中等待天亮。不知过了多久，门外的铁锁突然“咔嚓”响了一下。

庭院里杂草丛生。当中一半是枯草，另一半是枯草之间蔓生出来的青草，两排大槐树伫立其间。黎明之前，至暗之时，女夏从那口井里爬出来，嘴上叼着湿漉漉的钥匙。如果有人这时走进塔林，一定会被她活活吓死。

女夏坐在井沿，一边穿衣一边抬头看那座塔。从她的角度看，塔似乎高耸入云，但它实际没那么高，是雾气笼罩塔顶使它显得深远莫测。身处塔下，使人感到压迫和紧张，但女夏没有迟疑，她将钥匙插进锁孔，用力一转，“咔嗒”，门开了。

“喂，你死了吗？”她压低声冲里面喊。

印从黑暗里走出来，揉着眼睛。他看到，在黎明前的昏暗里，女夏黑色的头发一绺一绺地垂在前额上，几乎遮挡住眼睛。他不敢相信这是真的：“怎么是你？”

女夏屏住气息，向后退了两步，把湿淋淋的头发绾起，用钥匙当发簪，将头发固定住：“跟我走。”

“现在？”印探头向外看，寻找着潜在的危险。钟不在。

“对，就现在！不敢吗？”

印明白了，她是偷偷来救自己的：“天亮再走行不行？”

不知为什么，她似乎笑了一下：“你到底走不走？”

“走。”印也笑起来，“我叫印，你呢？”

“女夏。”想了想，她又补充说，“女人的女，夏天的夏。”

“女……夏？”印念了一遍，“女夏。”他又念了一遍。

他们猫起腰，以轻快的脚步一溜小跑，穿过塔林，跃上后院的院墙。女夏的身手比印更矫健，等他一跳下墙头，她立刻拉起他的手，飞快朝后山跑去。

“干吗不走山门？”他盯着女夏的手，心里一阵慌乱，却舍不得抽回来，“父亲说，我不能碰女人，碰了我会晕倒，可现在……”

“可现在你好好的……山门那边有埋伏。”

“埋伏？谁，在哪儿？”

“灯。”

“灯？”

“就是那个想杀我的人。”

“那个丑八怪，他叫灯？”

“不是他。那是巨，它是一头修炼了三百年的守墓石狮，灯用法术将它唤醒，他们这会儿一定埋伏在山门外，等着我们自投罗网。”

“灯又是谁？好大本事啊。”

“印……”

“怎么？”

“你可真啰唆。”

印咧开嘴笑了，他喜欢这个姑娘，喜欢她的声音，喜欢听她用俏皮的语调教训自己，喜欢她的手是小而温暖的。这一刻，他想和她一直跑下去，握紧她的手，再不分开。

他们一口气跑到蚀骨溪。雾气在这里变得浓重，印突然停下：“等等。”

“怎么了？”女夏警觉地四下张望。

“你干吗不自己跑掉又回来救我？”印望着她说，“那井挺深的，我都不敢下去。”

“你救过我，我们家的家训是：知恩图报，方得往生。”

“这算哪门子家训？”

“你！”

“女夏。”

“什么？”

黑暗正在消散，雾气却更浓。不远处的溪水发出悦耳的声响，在幽僻宁静的森林里，那种声音逃不过印的耳朵：“没什么，就想叫你一下。”

女夏气得直瞪眼：“啰唆鬼，天快亮了！我们必须越过小溪，朝……”

印突然猛地抓住她的肩膀，把她拉到枫树后面。

“又怎么了！”女夏真的火了。

“嘘……”印指指小溪对面浓雾笼罩的竹林，他全身都绷紧了，“那东西在那儿，竹林里。这半天，它一直跟着我们。”

“谁？”女夏的脸色顿时变得苍白，眼睛向竹林紧紧盯着。

“那个石狮子。”印说，“很狡猾。”

女夏咬着下唇：“你说谁，谁狡猾？”

“你的仇家，灯。他一定是自己守在前门，让石狮子守着后山。我想，我们无路可逃了，可我又在想……”

“又想什么？少啰唆！”

“你说，那丑八怪干吗不越过小溪，直接把我们吃了？”印说着弯下腰，从地上捡起一块石头，掂了掂分量，“我猜，他不敢。”

“为什么？”女夏很是困惑。

“我猜，越过小溪灯的法力就没了，那丑八怪就会变回一堆石头。”

“因为塔林的封印吗？就像那晚？”

印点点头，他抓住女夏的手：“走，我们回去。”

“回去？不，我不回……”

尖锐的啸声突然刺破夜色，带着一根锋利的竹竿朝他们飞来。印紧紧抱住女夏，把她藏在树后。“砰！”竹竿深深插入枫树树身，树皮飞溅，树叶翻飞。

小溪对岸，巨冲出竹林，他庞大的身躯驱散了山雾。他显得十分恼怒，胡乱冲撞，用手掌劈断竹子，冲小溪大吐口水，恶狠狠地瞪着他们。

“你说他叫什么？”没等女夏回答，印已经跳出树后，又故意跳上一块石头，向巨挑衅，“嘿，丑八怪，过来啊，你来啊。”

“早知道，”女夏皱着眉头说，“真该把你留在塔里……小心！”

“砰砰砰砰砰！”一连五根竹枪，全部斜插在他们脚下的泥土里，插进去足有一尺深。印嘴巴张得老大：“你看，我猜得没错，他真的不敢过小溪。”

梦里，闪还是风尘仆仆，从一匹大黑马上“嗵”地跳下，
腰上的铜铃哗哗哗响。他望着她，觉得陌生又像很熟悉，
觉得老是一样的，又总是有些不同。

本应是不眠之夜，钟却睡着了，还做了梦。梦见妻子闪。

是一模一样的梦，因而不像梦，更像回忆。梦里，闪还是风尘仆仆，从一匹大黑马上“嗵”地跳下，腰上的铜铃哗哗哗响。他望着她，觉得陌生又像很熟悉，觉得老是一样的，又总是有些不同。他看见她鼻尖的翕动，口红都沾在上唇——天下最聪慧最纯洁最美丽的脸，都不及她。闪的确是个美人，有着乌黑浓密的长发，只在发根处有些弯曲，而发梢常常遮住眼睛，而且，她还有一双深邃的闪动着幽暗光芒的双眸。曾有多少夜晚，那双眼睛让钟难以入眠。

如果梦总在最幸福的时刻停住，钟不会痛苦，可它不是。梦的后半段十分黑暗，他将目睹那人出现，目睹他双掌劈死黑马，用巨爪将自己抛向崖石，掳走闪。他揪起眼皮，念了一通咒语，终于强迫自己从梦中醒来。能从这个梦里醒来，总像死里逃生。

洗过手之后，钟扛起斧子出门。

蚀骨溪尽头泉眼南侧的老樱树，是整个森林里最根深叶茂、年代久远的树。钟抬头望向树冠，树叶遮蔽天空。远处飘来清新的晚风，从森林深处吹向他，夹杂着树木和生命的气息。钟朝手心里吐了两口唾沫，抡起斧子，用尽全力砍向盘根错节的树根。他砍了又砍，进展相当缓慢。每当感到孤立无援，累得无力再砍下去，他就停下直起身，越过树丛望向山脚下的塔林。然后挥斧再砍。

当巨大的咆哮声从竹林后传过来，钟好半天不能明白自己身在何处。当他停下，刚刚被他砍得木屑飞溅的树根，立刻又恢复如初。钟顾不得这些，拎起斧子朝竹林跑去。

竹林有被践踏的痕迹，一大片竹子被齐腰斩断。溪水的另一侧，地面斜插着竹竿，竹竿上没有血迹，地上也没有。钟感到不妙，立刻朝塔林跑去。

远远地，可以看到女夏站在塔下。

铁门锁着，钟用拳用力砸门，“印！”他喊道。

还没听到有人回答，女夏先过来质问他：“你为什么把他锁起来？”

“不关你事。”钟低头检查铁锁，心绪难平。

“怎么不关我事？”女夏脸涨得通红，“就因为他救了我，你才把他关起来的，对不对？你这人怎么这么不通情理，不可理喻！”

这丫头的态度让钟很不舒服，他后悔自己没早些把她赶走，但他不想冲她发火。“别问这么多，”他抬头看看天色，“天大亮，我立刻送你走。”

“我现在就走！不用你送！”女夏怒气冲冲朝山门走。

“等等。”

女夏站住，眼睛盯着地面，颓丧地说：“我不该给你们惹上这样的麻烦，送我下山，灯会连你也给杀了。”说完，她飞快朝山门跑去。

看着她的背影，钟想起丁的话，想起丁的话，他就觉得女夏奔跑的样子有些熟悉。他不由得站直身，认真看着她。

女夏手扶山门，泪水涌入眼眶，她握住门闩，用力想把它抽出来。

门外，突然传来一阵悠扬的笛音。女夏的手猛地缩回来，她听见钟从背后朝自己跑来的声音，她不想让他看出自己的胆怯，用力拉门闩，钟却猛地将手摁在门上。

“外面是谁？”钟问。

女夏终于哭起来：“灯！他要杀我。”

“别哭！他手里有鹰笛，他是九手什么人？”

“九手？”

女夏发出这声疑问，突然捂住胸口，瘫倒在地。

一直躲在塔后的印这时再也忍不住，他跑出来大喊：“女夏！”一跑到跟前，他立刻俯身扶起她，“你把她怎么了！”他冲着钟大喊。

“你怎么出来的！”钟揪住他。

“放开我！”

钟翻开女夏的眼皮，看了看她的瞳孔：“魔音入耳……”

“咔嗒”，一枚钥匙掉下来，女夏的头发散开。钟眼前一黑，把钥匙捡起，命令印：“把她背回卧房，用棉絮塞住耳朵！门窗关紧，快！”

“父亲……”

“无论听见什么，无论发生什么事，都不要出来！”钟沉着脸，把钥匙扔给印，“无论我能不能回来，天亮前一定要回到塔里去，明白吗？”

印接过钥匙，一脸茫然。

“回到塔里去。”钟举起斧子，“不然，老子现在就砍死她。”

“父亲……”印大喊，“你到底要干什么？”

看到灯的第一眼，钟就明白，招惹这家伙并不明智。

灯长着一双浑浊的眼睛，肤色令人不安，穿着像个乡下无赖，可笛声却清亮悠远，洗尽尘俗，令万壑生风。钟明白，这美妙的笛音，不仅是杀人利器，更能夺人魂魄。许多年前，他见过这支笛的主人，他叫九手。传说，几年前他死在塞外，凶手是他一个门徒。作为一个名声狼藉的西部恶魂，他的死并不令人惋惜。九手的故事，钟在西域追踪闪的下落时，不止一次听过，据说，他是一棵修炼了六百年的无花果树。

传说，许多年前，九手和一只鹫鹰关系非同一般，当时，他只是一棵普通的长寿无花果树，长在人迹罕至的达卜达尔山谷深处。一只鹫鹰在他头顶筑巢三百年，养育无数子嗣。有一次，沙王吉列坎达外出狩猎，追踪一只黑熊误入山谷，迷失方向。七天七夜，他靠捡食九手树下的无花果活下来。受困绝望时，他向天帝发下重誓，愿将余生赐予这棵救命的无花果树，助其修炼成人，但当他获救，他却反悔了。

九手生性懦弱，又尚未修炼成精，只好忍气吞声。耿直的鹫鹰于是自己飞到沙王的城堡，敦促他践行承诺。沙王觉得受到羞辱，一怒之下，命令猎手们射杀鹫鹰，并发誓要砍倒那棵无花果树。鹫鹰带着十九处箭伤，艰难飞回达卜达尔山谷，他告诉九手，沙王正带着五百名残忍的猎手赶来除掉你，你必须杀了我，用我的翅骨做成笛子，方可御敌。九手不忍下手。

鹫鹰劝他：“你不杀我，沙王来了会砍倒你，把你烧成灰烬。”

九手于是忍痛杀了鹫鹰，抽出他翅膀上最大的一根空心骨头，钻了两个孔，做成一支短笛，取名“那依”。沙王带兵包围了山谷，九手吹响骨笛，引来成群猎鹰，它们要杀死沙王为先祖复仇，沙王向九手求饶，并答应把女儿送给他。

九手看到美丽的公主，怦然心动，他用花言巧语欺骗了猎鹰，使它们散去。那之后，在公主陪伴下，九手又在山谷生活了许多年，但年轻的公主不堪忍受余生和一棵老树度过，多次伺机逃走，最后一次，九手无情地用笛音吸取了她的魂魄。当他发现，笛音吸取人的魂魄能帮助自己修炼，他便开始一次又一次地用它诱骗猎人、牧羊人和过路的商队，吸收他们的魂魄，助自己修炼。不久，他幻化成人形，带着鹰笛开始在西域漫游，他深知自己恶名远播，轻易不以鹰笛示人。没想到，到头来，伟大的鹰笛却落入更卑鄙的小人之手。这个恶徒，应该就是面前这个危险的灯。

除了灯，在正午也几乎照不到阳光的松林底下，那散发着浓郁松香气息的阴暗处，还隐藏着一个危险的巨人。钟握紧斧柄，为接下来可能经历的恶战忧心忡忡。

这时候，灯收起短笛，朝他笑起来："你好啊，守塔人。"

钟不想和他废话，直截了当地说："一个大男人，何苦要为难一个姑娘。"

"姑娘？"灯耸起肩膀大笑，似乎觉得面前的守塔人蠢得不可思议，"她可不是什么姑娘！她是妖精……知道她最爱干什么？吃掉小男孩的心。”

钟心里一惊，转身想返回塔林。

“别跑啊，”灯喊住他，“别担心，我叫灯，是来自西域的猎妖师。奉师傅之命，我缉拿这妖精大半年，可却被她一次次逃脱。现在，她闯进你的塔林，这就好办了，有我在，她吃不了那孩子的心。”

钟怀疑灯说的是假话——塔林有天帝的封印，世间妖魔根本无法进入。意识到灯在说谎，钟悬着的心放下一些，现在，他必须专心对付灯。“九手是你杀的？”他问。

“你认识我师傅？”

“认得他的骨笛。”

灯摆弄着笛子：“我师傅这辈子没留下什么好名声，但他的确在死之前给我留下了一样宝贝，这可是个好东西。”

“一个死人为什么要你追杀这个姑娘？”

“不是他。”灯不耐烦地说，“是我另一个师傅。”

“你有几个师傅？”

“这不关你事。”

“你说你是个专门捉拿妖精的……”

“猎妖师。”

“猎妖师？”钟的语气里带着明显的嘲弄，“那……你进去捉她出来吧。”

灯笑起来：“塔林是禁地，这我懂，我一个区区猎妖师，哪敢擅闯？还是烦请您老人家进去，找根藤条，把她结结实实捆好，跟你儿子一起把她抬出来，我自会收了她。”

钟向后退了一大步，将山门推开：“你自己动手，这种脏事我们凡人碰不得。”

灯哈哈大笑：“你怎么会是凡人？你……你放心，只要把那妖精交给我，我转身就走，绝不为难你们。”

“你怎么知道我有个儿子？”

“他三番两次救这女妖精，我怎么能不知道？”

“有件事我不明白，”钟盯着灯的眼睛，“你是猎妖师，可你竟不敢走进这道山门，究竟那姑娘是妖，还是你是妖？”

“老东西！别敬酒不吃吃罚酒。”灯举起鹰笛，“鹰王翅骨制成的短笛，可是专门用来对付你们这些长翅膀的老不死的……别逼我吹响它！”

“吹响又怎样？”

“你不怕现原形，我还嫌寒碜呢。”

“吹吹看……”

“老顽固，死脑筋。”

灯将鹰笛凑在嘴边，轻轻吹动。钟起先不为所动，觉得这笛音和之前的笛音没什么不同，可慢慢地，他背后开始发热、发胀，继而全身燥热。他意识到不妙，赶紧往山门里走，可是，一对巨大的翅膀突然砰然伸出，撕裂了他的长袍。

“哈哈，好大一只鸟啊。”灯冷笑。

钟十分狼狈，他小看了笛音的法力。他稍一迟疑，一直藏在松林里的巨就猛扑出来，一口咬住他的翅膀。钟听到翅膀断裂的声音，看到伤口筋骨外露，鲜血四溅。巨死死咬住不放，想把他拖进松林。

灯在一旁兴高采烈地大笑：“咬，咬他！把他那对儿翅撕下来。一个大男人长着一对儿翅膀，你也不嫌难为情！”

钟举起斧子朝巨挥下去，巨躲开这一斧，又反过头咬住钟的手腕。斧子掉在地上。巨凶狠地撕扯着钟的手臂，撕下一大块肉，吞了下去。

钟忍着剧痛，想捡起斧子。灯抢先一步把斧子踢开，故意跳在一边戏弄地看着他。巨可没停下，他根本不给钟喘息之机，又冲上来，狠狠咬他另一边翅膀。

这时候，有人从山门冲出来，是印，他手里举着一把明晃晃的钢叉：“放开他！”

印朝巨冲过去，可没等他到跟前，灯就袭击了他，他一直在等的就是这一刻。钟被巨拖进松林，他们在林间空地上翻滚，狂暴地出手。钟用余光看到，灯轻易就打落印手里的钢叉，又用他那可怕的利爪死死扼住印的喉咙，将他提到空中……

钟忍着剧痛，将全身变成巨鹏，他的身形顿时变得比之前大了两倍。巨不甘示弱，也从巨人变成雄狮。趁这个机会，钟用他那尖利的黄喙用力啄向巨的左眼，一口把它吞了下去。

巨惨叫一声，松了口。

钟扑打着断翅冲向山门，他拼尽全力，顾不上断翅和肩膀的灼痛，用强有力的爪死死扣住印的肩膀，将他拖向半空。灯没有放开印的喉咙，被一同带到天上。

在钟跌跌撞撞越过院墙的刹那，灯感到自己的皮肤灼痛，胡须全部燃烧起来——覆盖塔林的法咒正在阻止他进入封印之地。他不得不松开手，从空中掉落。巨冲过来用身体接住他，他摇头摆尾，左眼的窟窿里洒出大块大块血迹，一落地就变成破碎的石块。

灯翻身爬起，对塔林大喊："老顽固，你保不了她，三天，她还能再活三天！"

塔林里，钟重重栽倒在地，能感到一股腥热的血液正涌进嘴里。笛声又在院外响起，那声音十分俏皮，却暗藏杀机。

"父亲！"印满脸惊惶，"他，他要把女夏怎么样？"

钟甩开试图搀扶自己的印，内心无比失落，没想到，印在这个时候最关心的竟然是个刚认识的陌生人。

“三天后，日出来临之时，她会魂飞魄散，永劫不复。”钟将嘴里的血吐出来，石板地上，那血迹呈墨绿色，“我也一样。”

一群蝙蝠轮番扑打着山门，噼啪作响。

灯将钟的血涂在山门上，招来它们。在这恐怖的杂乱节拍中，他幸灾乐祸地吹奏着短笛，而那独眼石狮早跑到后山去，封住了去路。

钟不准印照料自己，命令他立刻回塔里去：“现在，那是最安全的地方。”

“可是父亲，”印胆战心惊，“那声音太可怕了。”

“天亮蝙蝠就会散，怕什么！”

“可笛声不会停啊，”印扶着女夏，“你看，她好像很痛苦。”

钟扶着桌子坐下，看了一眼榻上的女夏和一旁手足无措的印，这时候的印，眼里完全没有父亲的伤痛，反而乞求他说：“父亲，孩儿求您变成大鹏，就像那晚送我一样，带她离开这儿。”

钟紧绷着脸，一股冷气沿着脊梁而下：“我带她离开，你保证老老实实待在塔里？”

“我保证！”

钟摇摇头，带着印没能理解的遗憾叹了口气。

“我保证，我真的保证。”印又说。

“我翅膀断了。”

印眼睛里的希望黯淡下来：“父亲，都怪我。”

“你躲到塔里去，就算帮我大忙了。”

“不，我不离开她。”

钟终于恼怒起来：“你想保护她，可你知道她是谁吗？你知道外面的敌人是谁吗？你保护她，你拿什么保护她？你连自己都保护不了。”

“我……”

女夏慢慢睁开眼睛，她拉住印的手阻止他再说：“印，让我到塔里去吧。”

“你醒了？”印一阵欣喜，想扶她起来。

女夏看着钟，似乎用尽全身气力说：“我要到塔里去，如果那儿能阻挡魔音，使我少受些煎熬……”

“那我和你一起去！”印不假思索地说。

钟苦笑，他确实感到悲哀。他看着女夏：“那也许能让

你痛苦小一些，但笛音法力不失，三天后，你还是会魂飞魄散。”

“求求你，就算只能减轻这痛苦半分，我也愿意，我受不了了，那笛音让我万箭穿心。”

印傻乎乎地看着钟，他拿出钥匙，只等他点头。钟觉得自己的痛苦来自内心，而不是被撕裂的肩膀和手臂，他望着这两个年少无知的孩子，点了点头。

塔的厚壁果然阻隔了笛声，此刻，这里充满宁静。

蜡烛的火苗在跳，印伸出手，将灯芯揪掉一截。火焰不像之前那样不安地跳动了。印把女夏挪到床上，为她盖上被子。她立刻蜷缩起来，像个孩子。

过了很久，印才在她身边躺下。他一直望着她，看着她的肩膀随呼吸轻微起落，他慢慢俯下身，偷偷把脸埋在她的长发里，深深吸了一大口。那里，有森林、小溪和柑橘的味道。他闭上眼睛。

“如果我非死不可，印，”女夏迷迷糊糊地说，“我们，便做三日的夫妻吧。”

印睁大双眼，吓得忘记了呼吸。他一动不动。

女夏翻个身，把脸冲着墙：“抱着我。”

印不知女夏是不是真的在哭，因为她把脸扭向另一边，但他发现，她的呼吸慢慢变得均匀而缓慢。这次，她是真的睡着了。他想。

风把槐树吹得哗哗作响。屋檐下，风铃在摇，发出清脆悦耳的声响。恼人的笛音并未消失，只是被这些杂乱的声音暂时压制。

没法判断天是不是真亮了。能听到雨声，隔着沉重的塔壁，能听见水顺塔顶流泻下来，灌进排水渠。风把槐树吹得哗哗作响。屋檐下，风铃在摇，发出清脆悦耳的声响。恼人的笛音并未消失，只是被这些杂乱的声音暂时压制。女夏躺在床上，眼睛盯着顶壁上爬行的萤火虫。

“它们认得你。”她轻声说。

印被吓了一跳，他不知道她已经醒了，“谁，谁们？”他松开她。

“它们，”女夏在心里微笑着，她没想吓他，更没想到他会被吓成这样，她抬起右手，指着顶壁说，“它们认得你，也许是在保护你。”

顺着她指的方向，印看到那些小虫，有三四只。这会儿，它们没在发光，看上去像普通的虫。他误会了她的意思，以为她讨厌它们，怕它们。他从桌上拿起蜡烛，站在床上，想赶它们走。

“你在干吗？”女夏尖叫问道，“快躺下，别去烦它们。”

印意识到自己做了蠢事，他背对她坐下，把蜡烛放回到桌上，挠了挠耳朵，然后小心翼翼地仰面躺下，不敢再继续抱着她。

“抱着我。”女夏命令说，还把左手放在他背上摩挲。

印浑身颤动，他猛地坐起来：“它们是怎么进来的？”他像是认真的，其实是在掩饰紧张，“如果它们能进来，也许，我们也能出去。”他简直是语无伦次。

她不动声色地看着他，看了一小会儿：“你怕我？”

“不。怎么会。”他不敢看她，醒着的她让他紧张，“你怎么会这么想。”

“我不是个好人。”她坐起来，把身体靠在床头上，眼神有些散乱地望着黑魆魆的楼梯，“灯没有说谎，我杀过人，还吃了他们的心。”

“我不信。”印额头上渗出汗。

“我早就该死了。”

“我不准你这么说！”他猛地转过身来，勇敢地看着她。

“所以，你还是喜欢我的，对不对？”她充满欣喜地朝他靠过来。他简直有些失礼，立刻从床边逃到地上。他站在那儿手足无措，为了掩饰慌乱不得不开始胡乱地穿衣服。

“回来，到我身边来。”她把头歪向一边，慵懒地看着他。

他鼓足勇气，慢慢转过身，于是他看到，她浓密的长发全覆在枕头上，仿佛澎湃的浪涛。她的一双眼睛，即使在幽暗里也显得明澈。她就躺在那儿，近在咫尺却难以捉摸，变幻莫测又动人心弦。

“印，”她轻声地呼唤他，“回到我身边来。”

他站着没动，紧张得手心直冒汗。他知道，自己不能一直就这么傻站着，他从桌上抓起钟昨晚放在那儿的葫芦，倒出一碗水。他猛灌下一大口，却立刻喷出来。那不是水，是黄酒。

“给我！”女夏用胳膊肘支撑着身体，朝他伸手。

“不是水。”

“我知道。”

他迟疑了一下，终于把碗递过去。她接过碗的时候，眯起眼睛来看着他，然后重新把身体靠在床头，双手捧起瓷碗，小口小口喝起来。她的头发全部披散在肩膀上，看上去好像只是全神贯注地喝酒，不久就喝完了。

“我还要。”她弯起眼睛，看着他说。

他不敢犹豫，又给她倒。她喝了一小口，把碗递给他：“你也喝。”

印接过碗。他还在想，钟为什么留给他们的是酒，他猜他也许是一时糊涂，短短两天里发生了这么多事，一定扰乱了他的心绪。可是他自己的心绪也许更乱。

“我知道你在想什么。”女夏说。

“真的吗？”

“真的。”女夏狡黠地望着他，他喝得满脸都是，看上去傻乎乎的，“可你想不出答案，对吗？”

印点点头：“我以为这里面是水。”

“雄黄酒，能让女妖精现出原形。钟，你父亲，他对我还是不放心。”

“可你不是。你喝了那么多，可你瞧，”他觉得她这会儿苍白的脸色里透着红润，显得更妩媚了，“你还是好好的。”

“你好像，并不爱你的父亲。”

他不明白她这话什么意思：“为什么这么说？”

女夏深吸了一口气，像在担心自己的话过于严厉，却又不得不说出来。“如果我是他，”她尽量语气温和地说，“昨天，当他受了那么重的伤你却不闻不问，我一定会伤心的。一个爱着自己父亲的儿子，不会那样做。”

“你不知道，”印并没有感到被冒犯，相反，他觉得十分委屈，“有时候，我觉得他不是我的父亲，他恨我。”

“父亲对儿子总是会这样的，你不该记他的仇。等你长到他的年纪，你会明白他。你会变得和他一样。”

“我不会。”他的样子像是认真的。

“回到床上来。”

这一次，他顺从了，但他没有脱掉衣服。他就那么极小心地坐在床边上，忍不住向她继续解释：“我说不清，他心里好像有什么东西始终关得紧紧的，不让任何东西、任何人进去。”他突然感到十分沮丧，觉得后背开始冒汗，却忍不住喝光了剩下的那半碗酒。

“可你想过吗，那也许不是因为你。”

“那又是为了谁？”

“他有过很多女人吗？”

他愣了一下，似乎想了一会儿，最终他摇摇头：“我不知道，也不关心。”

“别这么说，他听到会伤心的。”

他开始认真想这件事了。一旦开始认真地想，他就发现，自己并不像自己想的那样了解钟。“铁匠铺的伙计们跟我说，”他似乎难以启齿的样子，但他还是说了，“他年轻的时候，常和一些波斯女人在一起鬼混，他……”

“那也许是因为痛苦，你想过吗？”

“怎么会？”他不太懂她的意思。

“你，真是个傻瓜。”她突然笑起来，一下搂住他的肩膀，还把整个身体向他贴过来。她几乎是把嘴唇凑在了他的耳边，轻声说，“让我们再喝一些酒吧。”

不知不觉，他们聊着天，喝光了葫芦里的酒。

“你觉得热吗？”他突然说，“这里不怎么透气。”

“把衣服脱了。”

“什么？”他瞪大眼睛。

他还没有反应过来，她就已经开始脱他的衣服了。他是真的慌乱，如果可以，他简直要从床上蹦下去，可她没有给他机会逃走。

“看来，我得从头开始教你怎么做。”她笑起来。

她一手抱住他的肩膀，用另一只手扶住桌子，吹灭了蜡烛。

“你要干吗？”他惊叫起来。

“节省蜡烛。”她说。

他学得很快。不知过了多久，她突然抓住他的胳膊：“听我说，印，”她喘息着，想逃到桌边去，“我们有足够的时间做这个。”

“不，不够！”他把她重新拉回到床上，“多少时间都不够！”

07

一大群发着幽光的小鱼游向他，它们拖拽着他，向黑暗的最深处游去。那里，似乎有一团深暗的光影，也许就是地狱入口。

钟站在院子里，抬头看树。

夜色十分明净，地上是被雨水打落的槐花，这沁人心脾的味道使他想起妻子闪，当初一起种植的小树现在已蔚然成林。起初，眼前只是模模糊糊的景象，慢慢就能看清每一根树枝和每一片树叶，偶尔，有从后山吹来的凉风掠过树冠，使它们时而聚合，时而分开。他看得入迷，几乎忘记疼痛。三天来，断裂的翅骨常在移动时刺进肉里，引发剧痛，但此刻树叶的沙沙声使他感到舒适。他做好了最坏的打算，心中不再惶恐。

他从长袖里取出钥匙，转身朝蚀骨塔走去。

铁门被叩响。印和女夏同时站起来。他们一直在等着这一刻的到来。在女夏贴近他握住他双手的同时，印轻轻吻了吻她："不要怕，按我们说好的做。"

钟打开门，让他诧异的不是印居然长出胡须，而是屋里温热的气息，这是一种充满情欲和柔情的气息，令人眩晕。他意识到什么，但不敢多想。

"我送你出去，"他对女夏说，然后看着印，"你得留下。"

女夏从后面靠住印的肩，探头向外看了一眼："天真的要亮了吗？"

钟皱着眉头。印看出他的疑惑，不想给他机会发问，立刻说："父亲，让我送送你们。"没等钟反应，他已经走出塔门，似乎有了这话这么做就是顺理成章的。

钟可不这么想，他一把摁住印的肩膀："你哪儿也不准去，就待在这儿。"

"不，父亲。"印语气温和但十分坚定，他注视着钟的双眼，说，"这一去，不知何时还能再见，我要敬父亲一杯。"

钟愣了，在这个向来处事被动、怯懦的儿子身上，显然发生了一些重大变化，他说不清那是什么，但有些不适应。他稍一迟疑，女夏也走出塔门，朝印小跑着追上去。

钟的不安更强烈了。

印主动给大家倒酒，又率先端起酒杯："这杯酒我敬父亲。"

他看出钟有些迟疑，接着说："我知道，父亲怀疑女夏是妖，可你看，她一不怕塔林封印，二又饮了雄黄酒，可既没现原形，也不像那人说的，吃了我。"说到这儿，他居然傻乎乎地笑了一下，还和女夏对视了一眼。

钟额头冒出冷汗，为自己竟没想到这种后果而后悔，如坐针毡，心里不断考虑是不是应该放弃原计划——他计划把印锁在塔里，自己带女夏离开塔林。他早已打定主意，他会在蚀骨溪尽头把女夏交给灯，他根本不在乎灯会如何处置她，又会用怎样的言语来羞辱自己，他只希望他们立刻离开，永远不再回来。就像以前无数次做过的那样，他必须让这些邪恶力量远离印，为此，无论要他做什么，他都愿意。他并非毫无愧疚，但和印的安危相比，那算不了什么，可眼下的情况是，印爱上了这个姑娘，一旦印得知真相，一定会视自己为此生最大的敌人。钟并非无动于衷，但很快就遏制住这软弱的念头，如果必须用印的仇恨来换取他的安全，他愿意承受这个结果，这不就是自己该受的吗？想到这儿，他端起酒杯盯着印的双眼："如果我回不来，三天后，把蜡烛放在旋梯第二个台阶上，默念《金刚经》，什么时候有人为你打开塔门什么时候停下，记住了吗？"

"记住了，父亲。"印痛快地说。

"好，酒我干了。"钟喝掉杯中酒，同时用余光观察印。

女夏担心印会露馅，也举起杯子："我要谢谢两位，谢你们舍命救我。"她刚把酒杯凑到嘴边，就听见山门外传来笛音。她惊慌地看着印。

"别怕，有我在。"印攥了攥她的手。

钟感到头皮发麻，他知道这件事已经变得十分棘手，但背上的疼痛似乎减轻了，他跺跺脚，推开窗户。曙光正在驱散黎明前的黑暗，塔林东面的山影后隐约可见朝霞，他明白，必须立刻动身。“你立刻回塔里去，”他对印说，“我带她从后山走。”

他发现，听到这话的印没有丝毫迟疑，这反倒让他觉得蹊跷，但印已经朝塔走去了，就好像他毫不反对父亲的安排。当钟满腹狐疑地打开塔门，他才猛然意识到不妙，可是太晚了，一阵巨大的眩晕向他袭来，他只觉眼前一黑，便向后倒了下去。

早有准备的印在身后稳稳托住他，“快，帮帮我，”他对女夏说，“他很沉。”

和女夏一起把钟抬上那张小床之后，印把钥匙留在桌上。他握住女夏冰冷的手，用极有说服力的口吻对她说：“躲过巨的追击之后，我会在后山放把火，灯就会明白我们已经逃走，父亲反而会更安全，明白吗？”

“可是印，我很怕……”女夏突然显得十分犹豫，“我们就躲在这里，不要离开，真的不行吗？”

“别怕。”他把她揽在怀里，将目光投向那片渐渐泛红的朝霞，“我不会让你魂飞魄散，如果你死，我也不想再活下去。”他把她抱得紧紧的，笑着说，“我知道个地方，这些妖魔鬼怪不敢轻易去，我们可以先在那儿躲上一阵。”

“在哪儿？”

“龙门。”

印知道一条小路，可以避开那片危险的苦竹林。

穿越竹林是闪过他脑海的第一个念头，但第一个念头通常也会掠过猎人脑海，巨一定能猜到他们将借竹林的掩护逃走，他恰恰会守在那儿。印知道，他不能冒险。

笛音时隐时现，仍从山下传来，这意味着灯暂时还没发现他们已经逃走。这是好兆头。

沿着那条野猪开辟的杂草丛生的林间小路，他们默默前进，谨慎地环顾四周，目光时不时交会在一起。每当看到女夏的笑容，印的心里总会涌起激动，从前晚到现在，他一直处在一种莫名的亢奋情绪里。

快要到达山脊的时候，女夏咳了两下。她尽量小声，可印还是立刻竖起耳朵，密林里安静异常，偶尔有一两只早起的鸟轻声啁啾，也毫无被惊吓的迹象，这让他稍稍感到安心。

“必须尽快翻过子午山，”他很有把握地说，“山后有道瀑布，只要能从那儿蹚过小河，他们就再也别想找到我们。”

“可我，好口渴。”

“忍一忍，坚持到瀑布。”

女夏点点头，他的话似乎给了她很大安慰，而她的乖巧则让他心疼，可他知道，现在还不能停下。然而糟糕的是，这之后女夏的身体突然变得十分虚弱，很快她就几乎不太能走得动路，可又不肯让他背。

继续摸黑向山顶潜行，穿过泥泞的茅草地，地势变得险峻。在到达一片幽暗的松林之后，女夏终于瘫软在地。印摸摸她额头，发现额头是滚烫的，“在这儿等着。”说完，他敏捷地跳进密林。很快他就跑回来，手里捧着一小把草莓。

她挤出苦笑：“我真的需要喝点儿水。”

印明白，溪水离这儿并不远，可那势必要经过竹林，如果惊动了巨，逃亡就会前功尽弃。

“还能忍吗？”他温柔地说。

“能。”她轻轻点点头，身体却突然无力地瘫软下去。

他赶紧扶住她，轻声呼唤，可她再无任何反应。他思考了一下，果断将背着的东西统统扔掉，抱起她，快步朝山冈跑。当笛声从山下传到耳朵里，他不由转过身，望着山下。

薄雾之中，依稀能看到洛阳城，它尚未苏醒，仍处在一片平静的混沌之中。耳边已经可以听到水流隐约的淙淙声，他知道，他们离泉眼很近了。印深吸一口气，把女夏背在背上，猫腰朝那里飞奔。他不得不冒这个险，如果她死了，他逃出去也毫无意义。

经过竹林时，他不由得放慢脚步，警觉地观察四周，尽量不踩到干树枝，不惊动栖息在树上的鸟群。缓缓升起的朝霞已经映红山脊上的天空，他知道自己必须抓紧时间。

他终于避开竹林，安全来到泉边。林子里没有任何动静，四周异常安静，汩汩涌出的清泉使他精神为之一振。他把女夏轻轻放在草地上，用衣服卷成团儿枕在她脑袋下面，好让她舒服一些。他拽住梧桐树垂下的枝条，揪下一片阔叶，来到泉边，把树叶朝那幽深的泉眼浸了下去……

突然，一个闪念使他头皮发麻：有好一阵听不到笛声了！

随即，他闻到一阵熟悉的恶臭，树叶不禁从手中跌落，顺溪水漂向下游。不远处，果然站着浑身散发出腐烂气息的巨。他恶狠狠地瞪了印一眼，将狼牙棒换到另一只手上，捞起那片梧桐叶，又朝小溪狠狠吐了一口口水。

笛声在这个时候再次响起来，不是在山下，而是在印身后几丈开外的地方。印咬咬牙，慢慢挺直脊背，站起来，转身的同时，抽出了刀子。

灯放下笛子，十分愉快地看着他：“年轻人，你还真没让我失望。”

当这最糟糕的情况发生，印发现，自己并没有十分恐惧，相反，他充满勇气。“放我们走。”他大声对灯说。

“不然呢？”灯斜了一眼他手里的小刀，故意朝女夏走了一步。

“不然我只好杀了你，还有你的狗。”印拦住他，“离她远点儿！”

听到这男孩毫无杀伤力却恶狠狠的话，灯“扑哧”笑出声来，他拿笛子朝远处的巨一挥：“嘿，他说你是我的狗。”

巨鼻子里喷出一大团热气，他把狼牙棒扛在肩上，摇摇晃晃地朝印走来，嘴里发出吓人的嗡嗡声。灯摆摆手，让他待在那里别动。他笑眯眯的，似乎是十分好奇地又朝女夏走了两步。

“我告诉过你别碰她！”印将刀尖对准他。

灯真的停下了，他歪起脑袋，一脸天真烂漫地瞧着印：“你动过她了？”

印的太阳穴在突突跳，他发现自己没法和这家伙长时间对视，他那可怕的皮肤和扭曲的五官让他浑身不舒服。他握紧小刀，心里估算着距离，只要那家伙敢稍稍碰一下女夏或吹响笛子，他就会毫不犹豫地冲过去，割开他的喉咙，把他放倒。他没有把握，一点儿也没有，但他做好了准备。他心里清楚，晨曦即将越过山顶，当第一缕阳光照射到这里，女夏就会魂飞魄散，永劫不复。其实他不太能理解什么是魂飞魄散，但他知道，那意味着他将失去她，他不能容忍这种结果发生，决不。

女夏仍然一动不动，印很担心，觉得应该先唤醒她。想到这儿，他把刀子收回刀鞘，用双手捧起一些溪水，朝她走过去。

灯撇撇嘴，完全没有要阻止他的意思，他只觉得有趣：“才三天，你瞧瞧，才三天，你就对她这么着魔，她还真是个天生的女妖精。”

印没有理他，他把手凑在女夏唇边，可她没睁眼，水顺嘴角流到脖子上。

灯有些亢奋，他跳上一块岩石，饶有兴趣地看着这一幕。看了一会儿，又觉得无聊，干脆坐下来，跷起二郎腿，开始揪下巴上没被烧净的胡楂：“反正你们也要死了，听我讲个故事怎么样？”

“随便。”印没回头，他把一些水洒在女夏额头上，为她降温。

灯点点头，好像那是个鼓励。“我爱讲故事，知道吗？在我入这行之前，在我成为一个猎妖师之前，我是个相当不错的说书人。”他的语气就好像是动了真情，“我第一个师傅叫肥，那真是个相当可爱的人，杀她我特别难过，可你知道最妙的是什么？只要你杀了第一个，再杀第二个就容易多了。”

印根本没在听。他把女夏扶起来，让她的身体靠着树干。这时，她微微睁开眼睛，印心头一热，赶紧安抚她说：“没事，有我在。”

她眼眶里满是泪水：“都怪我。”印的样子在这泪水里是模糊的。

“别说话。”印不让她继续说下去，“等着。”他又朝小溪跑去了。

“我说，你能不能认真点！”灯有些恼火，但很快他又让自己高兴了起来，“这故事我可从没跟别人讲过。”他抬头看看山顶，“太阳过山还得一阵儿，在死之前，我保证你们能听完。”

印回到女夏身边，他捧着泉水：“来，再喝点儿水。”

“你先喝。”她虚弱然而温柔地说，现在，她似乎没那么恐惧了，但她好像变得不太敢看着他。

灯用一只手捂着肚子，微微摇头：“你们可真让我恶心。行了，我要继续说了。”他盘起腿，清清嗓子接着说，“我第一个师傅死后，我不得不又去杀掉第二个，我第二个师傅是个老不死的树精，他最爱做的事就是躺着。他常常跟我说，在修炼成人之前他站了好几百年，他站腻了。他有个恶习，躺着的时候身边不能没有女人，被他糟蹋的女人太多了，多得数不清，我杀了他。就是在我杀他之前，他给我讲了这个故事。好了，小东西，接下来你必须竖起耳朵，这故事不长，但它很有意思，你会喜欢的。”

印看了一眼山顶，天更亮了：“少啰唆，快点说。”

灯挠挠头：“别这么傲慢，小子！别跟我讨价还价，也别打断我，真的，这我不喜欢。”他似乎给自己鼓了鼓劲，“那我接着说啊，很多年前……也许没那么久。总之，有一回啊，有个四处寻找老婆的男人误闯进了沙漠，正好落在我师傅的手上，我师傅打算杀他。对了，我第二个师傅叫九手，他有九只手，十八只脚，你想想，他的样子得多吓人，可那个男人没害怕，现在想想，他很有些骨气。他要求先讲个故事，再让我师傅决定杀不杀他。他说，他来自东土，要去罗刹找人复仇，那人抢了他老婆，他发誓要杀了他，救回自己的女人。他求我师傅放了他，好让他能完成心愿。你说怎么这么巧，他要杀的人和我师傅有过节，那可不是一般人，他是地府魔工，名叫死幕……唉，光是提到这名字我都不寒而栗。”

说到这里，灯不由得停下，似乎在用心感受着那份恐惧，但很快，他又迫不及待地说下去，“我师傅突然心血来潮，他十分好奇，他想知道，这个可怜虫究竟有什么本事觉得自己竟能杀掉地府魔王，于是，我师傅把他放了，还给他指出地府的入口。那可怜人找到魔王，你猜怎么着？他根本没有杀死魔王的本事，反而差点被揪掉脑袋。可他运气很不错，他老婆居然还活着，她求魔王放过自己的男人，魔王呢，当然觉得很没面子，就问她，我凭什么放了他？女人说，因为我怀了你的孩子，你不放他我就自杀。女人这样威胁魔王让魔王很为难，因为，他没有孩子。最后，他不得不选择屈服，他让他们滚得远远的，永远不要再回到罗刹。就这样，那可怜的复仇者不但没能手刃仇人，反倒为魔王养大了他的孩子……”

灯一口气说完这些，停下来看着印，似乎想要洞穿他的心思。

可是，印显得很平静：“讲完了？”他头都没回。

灯盯着他的背，发现他的肩在抖，当他意识到印并不像表面看去那么无动于衷的时候，他十分满意，继续得意地说：“没完没完！那之后，这个男人就没过过一天舒服日子，麻烦不断找上门来，因为，三山五岳、五湖四海，得知这秘密的妖怪都想得到那个孩子，知道为什么？”

“为什么？”

“因为他不是个普通的男孩，他老子是魔王，他亲妈是个仙子，不管是谁吃了他的心，都能长生不老。”

“这些魔界的龌龊事，干吗告诉我？”印转过身，盯着灯。

“哈哈，你终于有点好奇了对不对？别急，听我说完。天上的神很为这事头疼，他们不能随随便便杀了这个孩子，因为他有一半神的血统，可又不能放任他长大，因为他长大之后很可能焕发魔性而变成另一个大魔头。这些老朽聚在一起，就像他们最终总会选择的那样，他们想到一个折中的办法——他们造了一座塔，把那孩子放进去，就像把鸟放进笼子。他们要求那个男人，必须日复一日、年复一年地看守这座塔，直到他死。在我看来，他这么活着，比当初死在戈壁荒漠，死在我师傅手里，还要痛苦一万倍。”

这一次，灯看到了印的愤怒。

巨也注意到了，他朝这边走了几步，用他剩下的那只独眼死死盯着印。灯冲他摆摆手，命令他退回去。他继续瞧着印，笑眯眯地说：“怎么样，这故事有意思吗？”

“有意思在哪儿？”印看着女夏，可是他心里有些乱。

“别急嘛。我师傅之所以告诉我这个秘密，是想让我不杀他，可我把他杀了，还把他当柴火一把火烧掉。大火烧了三天三夜，一群秃鹫围着我们飞了三天三夜，第四天清晨，它们从灰堆里衔出这个给我，说是我为它们的先祖报了仇。”灯摆弄着手里的笛子，“你瞧，我是个多么幸运的人。”

“然后，你就拿着这件高贵的法器，干起这些下流勾当？”

“别这么说，猎妖是个高尚的行当。”

“可她不是妖，她是人。”

“她不是妖，你说得没错，”灯充满柔情地看着印，“可你是啊。”

印的心狂跳起来，灯说的故事让他心思烦乱，可他不能让灯看出自己的慌乱，于是故意大笑起来：“你是不是想说，我就是那孩子，我就是魔之子？”他发现自己的声音有些颤抖，变得十分陌生。

“知道吗，其实我不爱杀人，”这一次灯没有笑，“可我有个贪婪的胃，我没得选，只有吃了你的心，我才能不再受那些苦。骨子里我还是个说书人，说书人不该靠吃人活着。”

“好吧，就算你说的是真的，你杀了我，吃掉我的心，你就不怕魔王找你麻烦吗？”

灯摇摇头：“知道最让我吃惊的是什么吗？这么多年，钟把你保护得也太好了，可这也许恰恰害了你，你居然到现在都不知道自己是谁。”没等印反应他又继续说，“吃了你的心，我就会得到永生，一个永生的人，魔王也拿我没办法。”

“你根本没你想的那么聪明，”印盯着灯，“你根本不了解那些树精，他们撒谎成性，为了活命，他们什么谎话都敢说，这故事没一句是真的。你受骗了。”

“是吗？”

“当然。”

“我再问一遍，是吗？”

“当然。”印盯着他的眼睛说。

“小子，”灯幽幽地说，“我没在问你。”

印心里突然滚过一团灼热的惶恐，他感觉女夏从背后靠在自己身上，而灯在看的人是她，接着，他听到她说了一句话：“放他走，他不是你要找的人。”她尽可能平静地说。

不，这不是真的，印在心里想，可他突然不敢转过身，不敢看女夏的眼睛，而她却主动抱住他，用双手捧住他的脸。他把她的手从脸上拽下来，放到身前，然后合在一起握住。

“你在说什么啊？”他鼓起勇气看着她。

“我……”她一下子就哭了，不是号啕大哭，只是抽泣着念他的名字，“印，啊……”突然，她抽出一只手，打了他一巴掌。印完全愣住了，眼泪在眼眶里打转。

她一遍又一遍地念他的名字：“印，请你原谅我。”

“不，这不是真的对不对？”

“印，我们该留在那塔里，印……”女夏突然转过脸盯着灯，“放他走好不好，你不必非这么做。”

“本来是不必的，但现在，”灯歪着脑袋看着女夏，“我想杀了他，我想吃了他的心。”

“不，不……不！”印突然大喊起来，因为他看到太阳正喷薄而出，阳光破碎了朝霞，正将刺目的光线洒向这里。“不！”他用身体挡住女夏，把她紧紧包裹在怀里。

刺目的阳光使周围的一切变得明亮、通透。

可是，什么都没发生，早已预言的魂飞魄散没有出现，除了还是很虚弱，女夏毫无异样。灯伸了一个懒腰，从岩石上站起身来，他拍起巴掌，“啪，啪，啪……”

“真是叫人感动……杀人最让我愉悦的部分，就是可以目睹这样的生离死别。”

女夏明白，灯已经下定决心，他是不会放弃的，她紧紧抱住印，把嘴唇凑到他耳边低声说：“听我说，印，什么也不要想，要活着，当我说跑你立刻转身朝雾里跑，不要停，无论听到什么都不要停！”

印紧紧抱住她：“你没事？这太好了！”

“我很好。”更多眼泪涌出来，她吻着他的嘴唇，“记住，别回头，也不要停！”

“可是我……”

女夏念了一段咒语，突然大喊一声：“跑！”她猛地推他一把，印踉跄着抬起头，发现一大团浓雾遮挡了枫树林。女夏在后面大喊：“不要停，跑！快跑！”

印无法控制自己的身体，他感觉自己在狂奔，感觉自己一下就越过了小溪，一头扎进那团迷蒙的雾气之中。

身后，树木噼啪爆裂。印知道，巨正在追自己，他不能停，也停不下来，只有拼命朝树林的深处跑。渐渐地，耳边就只剩下风声，而眼前变成无数短瞬，每个瞬间里都有树叶、獠牙和利爪，然后，一切猛然变得缓慢，他仿佛看到女夏，看到她被灯举起扔向树干，她被撕碎……他站住了。只有脚下方寸之地是清晰的，其他都被浓雾遮蔽，什么声音都没了。他知道自己不该停下，更不该回头。

“女夏……”他在心里呼唤，胸中涌起一股热流，他慢慢转过身，而那高大的巨人正携一阵狂风向他袭来，狼牙棒直击他的面门……

当他苏醒，整个世界是倒立的、颤动的。

巨拎着他一条腿，把他重重扔在地上。浓雾被驱散了，印看到，灯揪着女夏的头发，把她的脸凑在自己面前：“就为他！就为了这个小孽种，你背叛我？”

灯怒气冲冲把女夏丢在一边，一把攥住印的脖子，把他整个从地上拎起来：“小子，知道心在哪儿吗？”

“你放开他！”女夏从地上爬起来，“你不能杀他，你会后悔的。”

“宝贝儿，”灯看着女夏，笑眯眯地说，“咬咬牙就过去了，又不是第一次了，矜持什么。漂亮小伙子，以后还多的是。”他扭过脸，轻轻撩开印的衣襟，伸出他尖利的爪子，在他胸口划了一个叉，鲜血立刻流出来。到了这时候，灯反而平静了，他拍拍印的脸，想让他更清醒一些，“小子，这是你最后一个日出了，还有什么想说的？”

印浑身都疼，满脸是血，血顺着额头流进左眼：“我不是……”

“不是什么？”灯把耳朵凑在他嘴边，“大点儿声！”

“我不是魔……”

“啊！”灯突然大叫一声，印咬掉他一块耳朵。他松了手，印摔倒在地上，他没有丝毫犹豫，立刻抓起女夏的手，转身就跑。灯从身后抓住女夏，把她用力抛向梧桐树。

印跑向女夏，而灯突然夺过巨手里的狼牙棒，对准他的胸口横扫过去。

“咔嚓！”是胸骨断裂的声音，可印竟然没倒。

“不……”女夏撕心裂肺地大喊，她爬起来，想冲过来，却被巨拦腰抱住。

“死吧小子！”灯双手抡起狼牙棒，又朝印的胸口砸了下去。可是，印还是没倒下。灯愣了一下，他没有再停下，那骇人的凶器雨点般落下，直到鲜血溅了他一身、一脸。

印目光呆滞，他被直挺挺地砸到那眼深潭，不再有一丝生气。

“呵……”灯伸出细长的毒蛇一样的舌头，舔掉自己脸上的血，“痛快！”

起初，耳边还能听见女夏的惨叫和哭喊，但很快，它们也被黑暗吞没，四周寂静无声。印感到，自己正慢慢沉向潭底。他无法呼吸，没有光，没有声响。从眼皮到指尖，一种温暖、隐隐的疼痛传遍了他的全身，连身体里面也隐隐作痛，全身的皮肤就像被打破的嘴唇，敏感而刺痛。

原来，死是这样的。这么具体，毫无混沌。

这真是宿命，三天前他曾想死在这里，三天后，他真的死在这儿。他摸摸胸口，觉得自己摸到一团柔软的跳动之物，那是一颗心。

一大群发着幽光的小鱼游向他，它们拖拽着他，向黑暗的最深处游去。那里，似乎有一团深暗的光影，也许就是地狱入口。他放弃了挣扎，任由一大团漆黑黏稠的物体包裹了他，像炙热的沥青沾满他的皮肤，又从他每个毛孔，钻进肉里。他忍不住张大嘴巴。

黑暗就像一条大鲶鱼，顺着喉咙，流进他的胃里。

岸边，女夏在哭喊和咒骂，她拼命抽灯耳光，用泥巴往他脸上扔。

灯很温柔地跪在她面前，像个犯了错的孩子，眼泪汪汪，不反抗，也不说一句话。巨无动于衷地坐在一旁，他嗅了嗅草地上的浆果，又用手掌将它们一一拍碎。

“好了，都过去了。”等女夏打累了，灯试着去抱她。

“滚——开！”她咆哮着把他用力推开，“你这畜生！”

“畜生？”灯眼里饱含泪水，可他还保持着微笑，“我知道你一直想离开我，我不会再继续拦着你，可在走之前，答应我，这颗心你多少吃一口。”

“……你真让我恶心。”

灯咧咧嘴，可那不再是笑了，他是真的伤心，可他觉得在喜欢的女人面前表现出软弱是不体面的，于是他又微笑起来：

“驭野不会放过你，但吃了这孩子的心，你就不会再死了。好了，我们别让他等太久，这样好的东西，要趁热吃才好。”

他朝巨使个眼色，意思是让他把印的尸体从水潭里拖出来，可巨居然站着没动。灯有些恼火，他知道巨怕的是那泉，他皱皱眉，把狼牙棒扔给巨：“用这个！干完这事儿，我还你自由。”

巨接过狼牙棒，点点头，走到水潭边，开始打捞印的尸体。

灯跃跃欲试，五官变得扭曲，牙齿变尖，龇出嘴唇。他的这个样子，女夏见过太多次，她明白，从这一刻开始，再没有什么能阻止他做那肮脏的事。

她爬起来，都不敢再看一眼印的尸体，便失魂落魄地朝树林跑去了。

“别跑远！”灯朝她的背影大喊，“我会把最嫩的一块留给你。”

她没有停，也没有回头。灯并不死心，又冲她的背影大喊：“吃了他的心我们就成仙了，我们一起成仙，一起。”他的声音里充满了惆怅。

女夏已经跑进森林，整个世界在她眼前不复存在，现在，她能想到和做到的，只是离这一切远远的。

看着她消失在林地边缘，灯心中涌起巨大的失落，他用力抽了自己两个耳光，命令自己振作。“嘿！”他转身冲巨喊，“可别打歪主意，心归我，肉都是你的。”

可是，巨趴在潭边一动不动。灯有种不祥的预感。

突然，巨那庞大的身躯开始剧烈抖动起来，他不再是巨人，他变成狮子，四肢在岸边的岩石和泥土上狂乱地扭动，脑袋却被揪进水里，无法离开水面。与此同时，灯看到，那原本清澈的泉水变成了一种黏稠的黑色，像沥青一样冒着泡，还散发出令人窒息的硫黄气味……

猛然间，一个巨大的黑影从这滚动的黑色里一跃而起。他跳上巨的背，用一双巨大的铁拳疯狂捶打巨的头。巨的半张脸已经石化，他挣扎、咆哮着，和黑影做最后的厮打。可是，那个黑魆魆的鬼魅是个比他更残暴的巨人，他牢牢掐住巨的脖子，将他的头颅和半个身躯泡在黑潭里，最后，他咆哮一声，高高举起拳头，一拳将他打得粉碎。

石狮庞大的身躯抽搐了几下，终于碎成一堆破裂的石块。

怪物站起来，他通身漆黑，黏稠的沥青顺身体滚落，只有露出的牙齿是雪白的。他睁开眼睛，巨大的眼睛通红，他茫然地看着自己的双手、身体和刚刚被杀死的巨人。最后，他抬起头，直勾勾地盯着灯。灯不敢相信自己的眼睛，他看到那东西朝自己一步步走来，所到之处，草地枯萎，变成黑炭。

他惊愕地连连后退，他看到的不是死而复生的印，不是那个刚刚才被自己打成肉酱的羸弱少年，而是一个狂暴的巨人，一个被死亡唤醒将要摧毁世界的地狱之神。

等他追出山门，那条通向洛阳城的山路上已经什么都看不到了。月色笼罩着洛阳城。一只夜枭扑打翅膀，顺着山林飞向山岗。

空气里有硫黄味。印想睁开眼睛，发现做不到。

灼痛从额头源源不断进入血液，燃烧血管，整个身体像被撕裂，四肢不听使唤，耳鼓嗡嗡作响，胃里有东西在蠕动。不知是由于恐慌还是想要呕吐的本能促使，他猛地翻身，“哇”一下，张嘴吐出一团黑水。终于能睁开眼睛，可面前只有刺目的白光。

当他终于适应屋里的光线，他看到，在光芒的尽头站着钟。钟手里握着一把大竹刷，正用力地洗刷着地面。地上一大摊黏稠的黑色污迹和自己刚刚吐出的东西，散发着同样刺鼻难闻的硫黄气味。

钟看见他醒了，走过来，印以为他会拍拍自己后背，可他却听到钟在念咒，并感觉到他从自己额头取走一样东西。一旦看清那是一张符，他大吃一惊，可刺痛全身的烧灼感却迅速消退，他觉得自己恢复了一些意识，立刻迫不及待地说：“我记得我掉进水里。”

他口干舌燥，说出的话自己都听不清，他一把抓起桌上的水杯，灌下一大口，又迫不及待要说下去：“我记得我一直往下沉，有东西拽住我的腿，我一害怕就张开嘴，一条鲶鱼钻进我的肚子……”

“鲶鱼？”钟把符放在桌上，飞快扫他一眼，“只记得这个？”

印确信，他在钟的眼睛里看到的是厌恶，他感到有些混乱，不知自己做错了什么使钟这样嫌弃，他很不安。

“还记得什么？”钟的语气十分冷漠。

“不。”印摇头。其实他记得，或者说，依稀记得，他想告诉钟，他记得自己试图带女夏逃走，可是失败了，在小溪边，灯讲了个荒唐透顶的故事，想要羞辱自己。他还想告诉钟，他觉得自己可能死了，却又奇迹般地复活，那像是一个真切的噩梦，在梦里，自己变成了怪物，十分残暴和恐怖，但他终于什么也没说。

钟把竹刷靠在墙上：“你杀了巨，记得吗？”

“啊，怎么会？”

“你差点把他们全杀了。”钟给印刚刚用过的杯子里添满水，“可那女妖精跑了回来，你心软了，灯趁机逃了。”

“她呢，她在哪儿？”印霍地一下从床上坐起来。

“慌什么！”钟按住他的肩，“是她让你在我酒里下药对不对？为了骗你离开塔林，好让她的帮凶在封印之外袭击你。”

“不，不是她。”印坚定地说。

“不是？”

“不是。”印看着钟，“是我的主意，那时候我只想救她。”

“现在呢？现在你总该明白了吧，他们根本就是一伙。她装得可真像，连我也骗过了。要不是你配合，我也不会让她轻易得逞！”

“我想她是被迫的。”

“你想？……我看你是鬼迷了心窍！你就那么眼睁睁放她走？”

“我不记得了。我只记得，灯，他给我讲了个故事……”印盯着钟的眼睛，他鼓起很大的勇气才敢说下去，“他说你不是我父亲。”

说出这话让他浑身不舒服，他当然希望钟否认，可钟没有。

“告诉我，父亲，这不是真的。”

钟一言不发。他从桌上拿起那张符，凑在蜡烛的火苗上。

也不知从哪儿来的胆量，印居然一把抓住他的手腕：“这是镇妖符！为什么，为什么父亲要用这个对付孩儿？”

钟甩开他的手：“别瞎猜了，你中了毒，我告诉过你，别碰蚀骨溪尽头的那眼泉！你就是不听。”

“我没有！我没中毒，我变成那样是因为……是因为我是妖，对不对？”

“你是妖？”钟冷笑，“那我是什么？”

“可你不是我父亲。”

“对，我不是你父亲！”

说出这话时，钟感到脸上一阵发烫，但他发现这根本不是由于害怕失去印，相反，他感到轻松，就像是这话憋在他心里已经太久太久。

印无比沮丧：“所以灯说的都是真的！”他不禁摊开双手，“我是妖……我是魔之子，吃了我的心能让人永生不死，所以他们想杀我，是这样吗？”

“这种鬼话你也信，我看你需要这个。”钟点燃一杆烟枪，递过来，“来，用力吸几口，这没什么大不了的。”

“这是什么？”

“能让你忘掉不愉快的事，用力吸几口，这事就算过去了。”

“我为什么要忘掉？”印把烟枪放在桌上，他迫切想知道真相，“告诉我，父亲，我究竟是谁？”可是，当钟故意转过身去，印却突然感到害怕，他不知自己还能不能继续信任这个人，他甚至可能根本不是自己的父亲，“你究竟是谁？”他问得十分唐突。

钟转过身，继续用轻描淡写的口吻说："放心，这种事发生过，不止一次。好在有这个，它一直管用。"他又把烟枪递过来。

"不，我不需要……"印不懂钟究竟要隐瞒什么，又为什么非隐瞒不可。

"听话，拿着。"

"不！"印再次拒绝，"所以，这些年，一直就有这样的妖魔鬼怪找上门来，要吃我的心，对不对？而你，不但从不告诉我真相，还总是用这东西把我蒙在鼓里，可他们迟早还会再来，而我迟早还会再变成那样。"

"变成怎样？"

"变成一个怪物！"

钟从牙缝里挤出一句话："待在塔里，你就还是你。"

院子里，山门方向突然传来鸟雀惊飞的巨大喧哗声。

钟走出塔门，顺手把那张符贴在门框上。他想关上门，可印已经看到跑来的是女夏，他想冲出去。然而那道符以无形的巨大阻力，将他又推回到塔里。他试了几次，结果都一样。

"放我出去！"他怒气冲冲地瞪着钟。

钟没有理他，现在他顾不上他。他看到女夏一个人跑来，不明白她想干什么。

“阻止他，要快！”女夏冲钟大喊，一面用手指着天空，在她手指的方向，夜空里有三盏明亮的孔明灯。“是灯，那是他释放的信号，他在向驭野通风报信！”

“站住别动！”钟命令女夏。

她站住了。听到驭野这个名字，钟慌乱起来，但他什么也顾不上。他以最快地速度跑去取来弓箭，对天射出一箭。一只灯被射穿，立刻燃烧起来。他没有丝毫迟疑，又连续射出两箭，又一只灯被射中，摇摇欲坠，但最后一盏升得太高，超出了射程。

趁这个机会，印对女夏大喊：“女夏，快，快揭掉那道符，放我出去！”

她就站在离他几步远的地方，可她摇摇头：“不，印，太晚了。”

“不晚！”印飞快看了一眼钟，“我会带你走，这次我保证，保证我们一定能逃出去。”

看到他依然是那个样子，那么单纯，那么纯真，女夏的心猛地缩紧：“可我骗了你，印，这你一点都不在乎吗？”

“我不在乎，”印十分坚定，“因为那不是你。”

“那是我，我不是你想象的样子。”

“你不是真想杀我，我知道。”

“听我说，印，我来不是要和你一起走，但你必须离开，和钟一起走，驭野不达目的是不会罢休的。只有钟能保护你，相信我。”

“和我们一起走。”

“不。”

“我不怕他们，我可以再变成怪物，我能打过他们！”

“你不是怪物！印，你不是。”女夏感到鼻子发酸，可她尽量忍住不哭，“以后你会明白，那就是你，可那又不是你……”她迟疑一下，似乎拿不准接下来的话是否应该说出来，但她还是说了，“……这个我爱着的人才是你。”

印浑身颤抖：“你是在嘲笑我，对吗？”

“不，印，我说的是真的，这你知道。”

“我不知道！我不相信！就在你来之前，我还在试图忘记你，”他挥动着那支烟枪，“用这个。”

“如果你能做到，”女夏闭上眼睛，“那也许不是坏事。”

“可我不能！除非我亲手杀了你。”

她愣了一下，但她没有后退，反而朝他又走了几步。当他们再次以那么近的距离目光接触，她突然做出一个决定，她要揭掉那道符，放他出来。可是，当指尖触碰到符咒的力量，一阵痛苦的震颤突然穿越了她的皮肤。

“不！”印突然大喊一声。

女夏没有回头，从印的脸上她已经知道，钟一定在身后用弓箭瞄准了自己。

“我告诉你站着别动！”钟冷酷地说，“你怎么还有脸回来？”

钟随时都会杀死女夏，没人比印更清楚这一点。他想起当年被钟杀死的那只狐，在钟眼里，女夏和那些女人没有什么不同。他知道自己不能再犹豫，他咬紧牙，绷紧身体，聚集起全身的气力，猛然向塔门冲过去。顷刻之间，他的全身都燃烧了起来，可他毫不在意，似乎也不感到疼痛，他发了疯似的想要冲出去，冲出去保护女夏，可他无法挣脱符咒的力量。

钟没想到他会这样做：“蠢货！你出不来的。”

印盯着钟，一面忍受着巨大的痛苦，一面从牙缝里挤出一句话：“我不准你碰她，你杀她，我就死。”

女夏转过头，祈求钟：“要么你现在就杀了我，要么就放他出来！这样下去，他会死的！”

“够了！”钟对印大喊，“我可以放她走。”

然而，印没有因为他的话而放弃努力，他想冲出塔门的决心丝毫也没有动摇，他还在执拗地冲撞着符咒，空气里到处都是皮肤被烧焦的味道，伴随着恐怖的噼啪声。

女夏再也忍不住了，她朝印扑过去，当他们的手终于触碰到一起，他们感受到了同样的痛楚，她看到，印哭了。她觉得她内心深处有一些东西彻底瓦解了，而她知道那东西只会让自己万劫不复，让他万劫不复。

“印，我们就在这里告别吧！”女夏擦掉眼泪，她知道继续下去他们都会死，她不得不这么说，“但愿我能忘记你，如果不能，我们也不会再见面。这对我们都好。”

“你是说真的，这是你的真心话？”

女夏点点头：“我们不会再见面了。”

印猛然向后退了两步，他们的手分开了：“我不想再看见你。”

他不敢也不愿再继续看着她的眼睛，他抬起手，用力关上了铁门。黑暗中，他觉得自己浑身都在颤抖，他举起拳头，对着自己的眼眶狠狠来了一下，可那无济于事，他还在抖。他抓起烟枪，猛吸了几大口，又将它狠狠扔在墙上。烟枪折断，掉在地上。

女夏不想让钟看到自己在哭。当她擦掉眼泪，慢慢转过身，她看到钟手里的弓箭依然对准着自己，她并没有害怕，而是大胆地直视他的双眼："你知道驭野，你知道他会用最残忍的方法伤害印。你会带他走，对吗？"

"这不需要你操心，"钟放松手臂，垂下弓箭，"快滚，趁我还没后悔。"

"塔林有封印，可谁能永远躲在里面？驭野和灯不一样，他要的不是印的心，他只想折磨他，使他堕落，落在他手里印会比现在更痛苦，比死更痛苦……而你待在这里，也是在等死。"

"你走不走？"钟重新举起弓箭，箭尖指向她。

"有人告诉过我，"女夏非但没有害怕，反而又朝他走了两步，她毫无畏惧，"为了印，你迟早会杀我。如果杀了我你就肯带他走，我愿意，我愿意死在你手里。"

钟意识到，自己没法下手，不是因为印会因此恨自己，而是因为他突然意识到，这个女人和自己一样不幸。

"印，他的魔心已经被唤醒，这你心里很清楚，"他叹息一声，"走出塔林，谁也不知道会发生什么，我答应过，"他将箭尖移向天空，"我答应他们，绝不会让这种事发生。"

他突然倾尽全力拉弓，将一支箭射向苍穹，在那支箭消失的夜空之中，最后一盏孔明灯熄灭了。可是，女夏没有感到任何安慰，相反，她一脸惊骇，因为她听懂了钟的意思："其实你希望印被驭野杀死，死在这里？”

“总好过我亲自动手，”钟一脸残酷，“十七年来，我每天都会闪过亲手杀死他的念头……你能理解吗？”

女夏神色黯然，她点点头：“如果我是你，也许早就那么做了。”但她又接着说，“可现在，你应该带他走，这你心里很清楚，你没有权利让他留在这里等死。”

钟脖子上的肌肉僵硬起来，他看到，女夏已经转身，头也不回地走了。一直看她消失，他才想起还有件事需要问清楚，他想知道究竟是谁让她来的，他知道那个人不可能是灯。可是太晚了，等他追出山门，那条通向洛阳城的山路上已经什么都看不到了。

月色笼罩着洛阳城。一只夜枭扑打翅膀，顺着山林飞向山冈。

不知为什么，塔底的这间小屋子正慢慢变成一座冰窖，寒气逼人。到了第四天，墙壁上竟结起霜层，而屋外明明阳光普照，正是夏日开始变得炎热的时候。

接下来的几天，塔林四周很平静，钟明白，这不是好兆头。

那天之后，印拒绝吃东西，拒绝喝水，他躺在床上一连几个时辰只盯着墙，一句话也不说。钟不准他离开塔，他自己似乎也没有要离开的意思。只是不知为什么，塔底的这间小屋子正慢慢变成一座冰窖，寒气逼人。到了第四天，墙壁上竟结起霜层，而屋外明明阳光普照，正是夏日开始变得炎热的时候。钟端来食物和水的时候，发现印被灼烧过的手和脸完全褪掉一层皮，新长出来的皮肤黝黑而发亮。就在他转身要离开的时候，印突然开口：

“整整三天没有吃药，为什么我还没死？”

钟没有立刻回答他，他在桌边坐下，拿起一块煮芋头，撕掉皮塞进嘴里：“因为你根本没中过毒。”他大口咀嚼，同时继续说下去，“那只是水，蚀骨溪水。这水能克制你心里的魔，”他端起水杯喝了一口，“能让你在十二个时辰里看上去和常人没什么两样。现在你被封在塔里，药可以不吃。”他说得那么随意，让印很不舒服。

“你觉得，我还会信你吗？”印很不客气地说。

“是丁的主意，他不是郎中，他是子午山的土地。”钟已经吃光那个芋头，他不想继续这个话题，他站起身，准备离开，“这芋头不错。”

“看到这些冰霜了吗？”印摸摸墙壁，“如果我不是魔，这里不会这样，对不对？”他朝门口走了两步，“我出去会发生什么？”

“你要什么都可以，”钟警觉地盯着他，“只要不走出这扇门，什么都跟从前一样。”

“怎么可能一样！我甚至不知道你是谁，自己是谁。”

他的眼神里充满了怀疑和愤恨，而钟没有避开他的目光，“实在受不了，我说过，”他把修好的烟枪放在桌上，用手指在上面敲了敲，“还有这个。”

“又是药。”印看着那东西，笑了一下，“汤药是让我忘了自己是谁，这个是让我忘了别人是谁。我是死幕的儿子，”他停下来喘着粗气，“所以，我迟早也会变成魔王，对吗？我现在才明白，你一直就恨我，可你为什么不直接杀了我？让我这样活着像个囚徒，你是在惩罚谁？”

“我答应过你母亲，”钟还是很不习惯在印面前提起闪，“我答应过她会照顾好你，我不会对她失信。”

“跟我说说她，”印一下涌起一股热情，“你从没跟我认真提起她。”

“因为你不需要知道。”

那短暂的柔情就这样被摧毁了，印哈哈大笑起来：“你真觉得，就凭你，就凭这座摇摇欲坠的破塔，能抵挡外头那些虎视眈眈的家伙？我看你还是趁早走吧，逃得远远的，丁不是已经吓跑了吗，你还待着干吗，想陪我一起死？”

“不用你教我该怎么做！”

“你爱我母亲，对吗？”

钟没有说话，而印没有停止他的追问：“那她爱你吗？”

“……我们这样的人，不配得到那样的爱。”

“我懂了。”印终于明白钟心里在想什么，“你想死，你想死在这儿，原来那才是你想要的。你想死，你觉得这才算给我母亲一个圆满的交代。那我呢？我为什么要跟你陪葬，我可不想死，我想出去，我必须出去，我要找到女夏，我有问题要问她……我可不想像你一样，一辈子只会逃避。”

“别说这些没用的！”钟终于恼怒了，“你以为你是谁？待在塔里就是你的命。”

“你凭什么，凭什么认为你可以这样对我？你不是我父亲。让我出去，让我杀了她，既然她是妖，而我是魔。”

“你说得对，你是个囚徒。可我们都是。”

“是谁，谁要囚禁我们？”

“够了！给我老老实实待在这儿。”

印的嘴角牵动了一下，他差点就要哭了，但他把眼泪憋回去："好，既然这样，"他抓起烟枪，嘴里哈出一团寒气，"我想忘了她，最好，连你也给忘掉。"

正午时分，钟拎着锄头上了山，他必须做点什么来平息躁动。他觉得印太可怜，自己也是，他还从没有过这样的感受，这种软弱的念头使他痛恨自己。他想起应该上山去把巨的尸体处理掉，尽管这么做十分冒险，可现在他什么也不在乎。相反，他觉得那些恶棍迟迟不来，才是对自己最大的折磨。他们应该来，尽早结束这一切。

破碎成石块的巨散落在溪边，他的头、脸、身、腿、牙、胯、绣带、铃铛，均依稀可辨。一开始，钟想把他埋进竹林，像以往做的那样，后来却决定用它在小溪上建造一座水坝。当他满身臭汗地干完这事，他脱掉鞋子，坐在水坝上，把脚放进水里。

他想起从前闪经常这么做，她总是说，蚀骨溪里有种神奇的小鱼，能带走疲倦。钟从没见过那些小鱼，他觉得那种妙事只会发生在闪身上，可今天，他想碰碰运气。

溪水清澈见底，又十分清凉，让人惬意，但是没有鱼。

钟盯着水面看了一会儿，他抬起头，望着远处。在枝叶繁茂的森林上空，天空湛蓝，一团团笨重的白云正缓缓飘向山后。他知道，山那边是一道河谷，住着几户农民，从前，他时常会去那里和他们交换粮食，偶尔遇到农民在插秧，还会兴致勃勃地上去帮忙。

一只漂亮的翠鸟飞过，落在小溪下游一块露出水面的石头上，它看着钟和他的水坝。钟挥挥手，让它走开，它叫了两声，飞走了。钟低头望着溪水，想再试着找找那种小鱼，却发现溪水变得浑浊了，抬头一看，原来是一个农妇正在上游洗萝卜。

钟心头掠过一丝不安，他警觉地拽过锄头。这里是皇家园林，山那边的农民很少敢跑到这里来，那农妇十之八九是个妖怪。

他飞快穿上鞋，正要起身，却看到一根白萝卜顺溪水漂下来。

“送给你吃的，打扰了。”

远处的农妇一面说，一面拎起篮子起身朝山上走去。钟弯下腰，捞起水里的萝卜。那农妇不紧不慢地一直走到山冈上，在那里，她停下来回了一下头。钟发誓，他看到的是闪。

他一口气追到山顶，她却消失不见了。

山脚下，农舍冒着淡淡的炊烟，田野里，一个人影也没有。

钟把那根胳膊粗的大萝卜带回去，种在菜园里，就在丝瓜和红辣椒之间。他一直在想，闪给自己留下这个信息究竟是什么意思，无论如何，她终于再次现身。他整晚都在思考这件事，终于昏昏沉沉地睡着了。他做了个梦，梦见自己醒来，看到整个房间浸泡在一片奇特的蓝光里。他从未见过这样奇怪的光，是从油灯里发出来的。

灯在突突跳，显得十分不安。终于，一小朵火苗从灯芯里挣脱出来，掉在地上，它蹦蹦跳跳来到钟的身边，噌地跳上他的脸，又从那儿跃上窗台，跳进了院子。

钟睁开眼，油灯果然跳得很凶。他披上衣服，拎起灯笼朝菜园走。还没到跟前，就看见那里蹲着一个人，是个黑影，只能通过轮廓看到她。

“谁，谁在那儿！”钟大声问。

黑影慢慢站起来，可以看出那是个女人。

钟一下变得很激动：“是你吗，闪？”一时间，他整个人融进这一刻的黑暗里。灯笼“噗”地掉在地上，很快就燃烧起来，一下照亮那个人的脸。

“是我，钟。我来接你走。”

灯笼燃烧殆尽，竹篾噼啪作响，四周重新陷入黑暗。

在这黑暗里，闪朝他走来，她慢慢将双手滑过钟宽阔的肩和背："你怎么瘦了这么多。"听上去她像在抽泣，但很快又忍住了。

"我老了。"钟说。他很久没笑过，那样僵硬的表情差不多不能称为笑，可他从心里感到喜悦，"你还是老样子，一点没变。"

"瞧你把我们的菜园收拾得多么好。"

"你来接我走，可是……"

"你在担心印？"

"……塔林挡不住那些人，他还没有准备好。"

"留在这里他只会不明不白地死，揭掉那张符，放他走。"

"可你说过，离开塔林他会变成……"

钟想说"恶魔"，可他没有说出口，闪显然知道他想说什么，她并没有在意。"那是从前，"她说，"可现在他有他自己的命，我们能做的都做了。你很好，你挺过来了，只有我知道这些年你过得多么不容易。"

"下午那真的是你？"

闪笑起来："为什么不听我的话，把它给吃了？"

夜色黑沉沉，连猫头鹰都不叫。钟摸索着，打开铁锁。伸手揭掉符的时候，他忍不住又问闪："你确定，我们该这么做？"

"我不确定，但寒崖的预言说，这是印必经的劫难，挺过去他会变成英雄，一个值得我们骄傲的孩子。"

"可是，他要挺不过去呢？"

"别犹豫了，"闪趴在他肩膀上，轻声说，"拿掉符，我们离开这里，今后再不分开。"

钟有些激动，可他还是忍不住问："你确定不想见他？今天他问起你，就像你交代过的，我从没跟他说起过你。"

"来不及了，我们现在就得走。"

钟拿掉那张符，闪立刻转身走开。钟追赶着她走跑出了塔林。

怪的是，塔林里空气清澈，山门外却不知何时起了浓重的雾，视线一片迷蒙。一道阴影突然从浓雾里冲过来，他跑到钟面前，也不开口，先狠狠打了他几个耳光。

"丁？"钟被打得莫名其妙，可看到是丁他很高兴，"你没走？"

"真不知道你是怎么想的！"丁显得十分冲动。

“丁，这次我是真的可以走了。”

“走？去哪儿？”丁看看钟身后，那里根本没人，“瞧瞧你，印堂黑成这样，中了蛊还不知道！别动。”丁抽出小刀，在钟眉心轻轻一划。

“你干什么！”钟连连倒退。

他摸摸额头，看到手上沾着淡蓝色的血。闪躲进雾里。

“闪，你要去哪儿？”钟喊道。

“闪？”丁握紧小刀，“她在哪儿？”

浓雾遮蔽了视线，钟看不到闪，急得大喊：“闪！闪！”

“那不是闪！”丁十分紧张，他身体紧绷，握紧手里的刀，“是谁放的孔明灯？大祸临头了你，快，跟我进塔林！”

太晚了。闪突然出现在丁身后，她举起一根细细的长针，一下刺进丁的后脑。丁顿时站住不动，可眼睛还在眨。钟一脸惊骇：“闪，你干什么？他是丁啊。”

“我知道他是丁，可我不是你的闪啊。”

女人依然在用闪的声音说话，可语气全变了。钟看到，她正在变成另一个人。这女妖精瘦小的身形逐渐弯成弓形，皮肤干枯，黑如煤渣，眼皮耷拉下来，她咳嗽着说：“这个年纪扮年轻，真让我恶心。这土地老儿也真是会害事。”

女妖精用手指在丁脑后一点，丁便直挺挺地仆倒在地上。

钟冲过去，把丁背在身后，往塔林逃去。可是，浓雾中根本无法辨认方向。那老妖精在空中飘浮，不慌不忙："飞啊，飞起来不就看清楚了？"

钟清楚，背后的伤还没好，但他仍猛地抖动身体想振开双翅，可背后却突然传来钻心的疼。在他背上，密密麻麻插满了细密的银针。

"飞不起来了？哈哈哈。"那老妖精幸灾乐祸地说，"我可不想让你死得那么痛快。这些针是千年虫，遇血而活，它们会一点点钻进你肉里，你还能活……一炷香。你这辈子经历过的苦和痛，在这一炷香里，都会重来一遍。"

"畜生，你究竟是谁？"

女人飘落在他面前，用她那皱巴巴的脸对着他："还记得被你杀死的狐吗？她叫息，是我最小的女儿。"

"你是千年狐，你是照？"

"本来呢，你不用死这么惨，可你不肯吃萝卜啊。"照收起她嘲弄的笑，阴沉着脸说，"子午山后山的竹林里，今天下午我见到不少老相识、老朋友，它们一个个成了你手下的冤魂，你死惨点，对他们也是个交代。"

"冤魂？"钟冷笑。那些针正往他身体深处运行，它们一进入身体就全活过来，在那里蠕动，如万箭穿心，"一群山魈鬼怪、魑魅魍魉，为了杀掉一个孩子擅闯禁地，它们算哪门子冤魂？”

“魑魅魍魉？你怎么好意思说出口，要不是勾搭上一个半神的小娼妇，你又算什么？看来，我对你还是太过慈悲。”

照抬起双手，将两根银钉狠狠射进钟的膝盖。钟猛然跪倒在地。他想反抗，照毫不手软，又将两根银钉射入他的手臂。顿时，钟瘫坐在地，四肢全都不能动了。

“疼就喊出来啊，”照堆起满脸褶子笑着说，“看你那宝贝儿子有没有胆子出来救你。”

迷雾之中，晃晃悠悠，似来了一盏灯。

那不是幻觉，是灯，他拎着一盏宫灯走到两人面前，毕恭毕敬给照鞠躬：“小的给照姨娘请安了。”

“谁是你姨娘？”照看灯一身宫廷装扮，笑他说，“来的路上就听说，这几天宫里闹鬼，原来是你小子在作祟。”

“不敢不敢，小的只是向皇上讨身新衣裳穿穿罢了。”

“少耍贫嘴，别以为你通了风报了信，驭野就不杀女夏，不杀你。”

“杀不杀您老说了可不算。”灯一下跳开，在钟的身边转起圈来，“姨娘，这老东西可够能忍的，怎么也不喊疼呢。”

“哼，他熬不了多久。”

“我来帮帮他。”

灯走到丁身后，猛地拔掉他脑后的长针。

“蠢货！”照大怒，“瞧你做的好事。”

随着针离开丁的身体，丁突然没入地面，消失不见了。

灯嬉皮笑脸地说：“我说照姨娘，咱们又何必得罪土地公呢，是，他们本事不大，可他们就像一群串通一气的耗子，保不齐哪天躲在哪儿就给你使个绊，坏了你的大事。您要的不就是这老东西的惨叫吗，您瞧我的。”

灯用针在钟脸上刺字，钟疼痛难忍，却咬牙一声不吭。

“少给我捣乱！”照攥住灯的手腕，夺下银针。

钟等的就是这个机会，他猛然运足力气，将满身银针逼出体内，整个身体顿时血流如注。丁“噌”地一下从地缝里钻出，举起钟就往山门跑。

“休走！”

灯手起刀落，把丁的头砍了下来。

印把烟枪慢慢凑到蜡烛的火头上。他已经犹豫了好一会儿，现在，他打算这么做。那跳动的火苗让他感觉女夏正用热辣的目光看着自己，他扭过头，在墙上看到自己孤单的影子。

墙壁散发出的寒意使空气里女夏的气息完全消失了。他衔着烟枪，准备狠命吸一口，这时，塔外面突然有人在呼唤，他竖起耳朵，确信听到的是钟的声音。

他跳下床，走到门背后，试着拉了一下门，钟却一头栽倒进来。

"去菜园……"钟使出浑身力量才能把话一口气说完，"……丝瓜和辣椒中间种着一棵白萝卜，把它拔出来，砸碎。快！"

印举起烛台，这才看清钟背后鲜血淋漓。"发生了什么事？"他把烟枪塞在钟手里，"快吸几口，它能镇痛。"

"少废话，快去！"

印跌跌撞撞跑出门，一直跑到菜园里。摸着黑，他找到那棵萝卜，用力把它拉了出来。一个黑影在他身后拍拍他的肩："印，是我啊，我是妈妈。"

听到她这么说，印没有犹豫，他抱着萝卜奔向塔。

照咯咯笑起来："别跑了小子，留神摔断腿。"她右手一抬，射出一束针，印正好跌了一跤，银针射偏了。照举起一根细长的大针，朝他走过来："乖儿子别怕，一点都不疼。"

印猛一回头，一下看清了那张树皮样的老脸，吓得他一哆嗦。他想起钟的话，于是用尽全力，举起萝卜砸向地面。随着萝卜碎裂，照尖厉地啸叫一声，被一股无形之力狠狠抛出了塔林。

印爬起来，飞快跑进塔里。“那老妖婆是谁？”他气喘吁吁地说。

钟弓着背，几乎是斜趴在桌上，屋里全是烟味。“是被我杀死的那只狐狸精的祖宗，她是来寻仇的。”豆大的汗珠从他额头滚落，“……印，你过来。”

印走到钟面前，把他扶稳：“我在，父亲。”

钟看着他，点点头：“是我错了，我不该把你留下等死……别迟疑，立刻动身，去铁匠铺找掌柜的，他会告诉你接下来该怎么做。”

“一起走！”

“不，”钟吐出一口血，“我留下。”

“我可不会丢下你！”

“听着！”钟一把攥住他的手臂，“如果你能活着离开，你有个妹妹，是我跟一个叫菊的波斯女人生的，答应我，照顾她。杀不了你，他们会去找她麻烦。对你，我未能尽父亲之责，这算我求你。”

“放心吧，我……”

钟闭上了眼睛。印试探他的鼻息，发现他气息微弱，他明白，如果不尽快把钟送到铁匠铺他一定会死。他咬紧牙关，背起钟，翻过塔林的后墙。

塔林外浓雾弥漫，根本看不到路。迷雾之中，似乎有无数的妖魔在游走。

印背靠墙举起刀，徒劳地在雾气中挥舞。一团黑影猛地贴近他，一拳打在他肚子上，又迅速消失。印踉跄着，想扶住墙。黑影再次袭来，又一拳。

“你玩够了没有？”照的声音近了。

“快了快了，照姨娘。”灯笑嘻嘻地说。

印跌坐在地。突然，他看到钟在距离自己几步远的地方站起来，印想冲过去，却看到钟微微摇头，嘴里无声地说着一个字：走！

说完，他猛地振开双翅，牢牢将灯箍住。印惊恐地看着这一幕，钟的背后展开一对巨大而火红的翅膀。突然，钟那隆起的后背上破开一个窟窿，一只血淋淋的爪子冲出来，握着一颗心。

“老东西！”灯气急败坏地说，“死都死了，还要弄脏我的新衣服。”那利爪一下夺走钟的心，钟瘫软在地，灯用舌尖舔了舔沾满鲜血的手指，看着印，“别急，下一个就是你。”

照猛然出现在灯面前，左右开弓，给他几个耳光：“老东西的命是我的！小东西的心，也轮不到你来摘。”

灯眼里突然露出残忍的光。可他不敢得罪照，只把钟的一块心肉塞进嘴里，用力嚼着：“照姨娘，您老德高望重，可也不能为老不尊吞了我那份儿吧。”

“你那份儿？”照冷笑，“驭野想要的东西，我们谁都不能碰。”

“照姨娘，您这是又何苦？我们……”

照突然发现，原本坐在钟尸体前的印居然不见了：“你在搞什么鬼！”

“姨娘，我可一直乖乖在您老面前站着，我……”

“住嘴！”照一脸警觉。

四周变得无比寂静，只有浓雾在缓缓浮动。慢慢地，能听到潺潺的水流声和越来越粗重的喘息声。灯预感到不妙，他想跑，可是一头巨大的黑色怪物猛劈开浓雾，一掌将他打飞。灯狠狠撞在墙上，墙头的瓦片全震落下来，砸在他脸上。

照一跃而起，朝怪物射出无数飞针，怪物咆哮着冲向她。他根本不在乎针刺进身体，一把抓住照的脚，把她从空中摔到地上，又攥住她的头颅把她高高举起，像抡斧子一样往地上摔去。照的脖子断了，身体滑稽地瘫软着，但她亮出尖利的牙，死死咬住怪物的手腕。

怪物不顾疼痛，用另一只手攥住她的脚踝，大吼一声，准备把她撕成两半。

“印！”雾里传来女夏的声音。

灯押着女夏从雾里走来，刀尖抵住她的脖颈。怪物愣住了。照抓住机会，抽出四根大针猛刺它的胸口，怪物大吼一声，扑向灯，灯用力把女夏推出去。怪物一把掐住女夏的脖子，将她拎起来，女夏的双脚在空中乱蹬着，喉咙里挤出一个字：“印……”

怪物的瞳孔变大了。终于，他慢慢松开手。

女夏被重重摔在地上，她觉得下巴的某根骨头一定是断了。她抬起头，看着面目全非的印：“是我啊，印。”她还想唤醒他。

怪物浑身的毛发全耸立起来，它盯着女夏，像盯着一样它无法理解的东西。突然，他仰天咆哮一声，转身跑到大雾里去。大雾里，传来树木被齐腰摧毁的可怕声音。

灯跳过来，他显得十分亢奋：“看到了吗？他不杀你，他竟然不杀你！他对你动了真心……我的心肝儿，如果这世上只有一个人能挖出他的心，那就是你！我们终于可以……”

“可以怎样？”出现在他身后的照打断了他的话。她脖子断了，整个脑袋耷拉下来，可她还是恶狠狠地说，“你想僭越驭野，独吞那颗心？”

灯真后悔不该那么早通知驭野，他早已打定主意，绝不跟任何人分享印的心，当然，他也意识到，眼下要么先说服照加入自己这边，要么趁她虚弱，干掉她。

照看透了他的心思，闪身遁入雾里：“小子，翅膀硬了是不是？”

“哪里啊照姨娘，我还不是为姨娘您思虑，您又何苦为那老东西卖命？我们手里有女夏，印的心，迟早还不是我们的？”

“知道吗，”照冷冷地说，“在你这么想的时候，你就已经死了。”

炉膛里透出火光照在他脸上，使他背后形成一大块阴影。掌柜的歪着脖子坐在阴影里，抱着他从不离手的鸽笼，他慢慢取出那只灰鸽子，轻轻抚摸，一点也没有害怕。

尖厉的鸟鸣声跟随士兵们穿过正午雾气霭霭的松林。

士兵们排成单行，十五个人一队，一半身背弓箭，另一半拎着陌刀。校尉走在最后压阵，忍不住浑身冒起虚汗，险些跟不上自己的队伍。士兵里，有人冲着鸟儿吹起口哨。

“都停下！”校尉喊了一声，跑到一棵树下，假装整理盔甲。他怕得要命，而小伙子们显然还没意识到这事有多危险。这也难怪，当校尉在城垛上声称河对岸有头怪兽的时候，大多数士兵正在雨棚下围着火盆烤土豆，根本什么也没看到。

“光天化日，哪来的怪物？”

城守对校尉的大惊小怪十分不快，他命令校尉亲自带一支队伍到对岸松林巡视，好证明那只是他自己花了眼。校尉心慌意乱，尽量用穿盔甲拖慢出发速度，但城守已经为他挑选了十四名最骁勇的战士，强迫他们带足武器，跟着校尉冒雨出发。士兵们把这当成一次不必要的操练，在他们看来，这不过是刻薄的城守在戏弄他们胆小的头领。只有校尉自己胆战心惊，越过洛河之后，他耳朵里就一直像鼓槌在“咚咚”敲着，生怕有东西突然从什么地方蹿出来，把他撕成两半。他让士兵尽量围在自己身边，时刻保持警惕。

透过树木，薄雾中，城墙依稀可见。校尉想好了，最多待一炷香，就带士兵原路返回。他不想让城守抓住把柄，更不想在此地久留丢了小命。

可是，一个顽劣的士兵发现远处杏树上挂满果实，竟擅自离开自己的岗位。一个同伴发现他的逾越之举，想去阻止，却听见一支快箭擦着肩头飞过去。那支箭飞向开小差的士兵，却没入他前方的草丛。正踮脚摘杏的士兵吓出一身冷汗，慢慢转身，发现所有人正盯着自己，脸上满是恐惧。他转过脸，这才看到，在不远处的草丛里蹲着一头身形庞大的黑色怪物，一动不动。

弓箭手们首先反应过来，他们乱箭齐发，将一簇箭射向怪物。摘杏子的士兵趁机甩开臂膀跑向同伴，所有人立刻大喊大叫起来，希望这能吓退敌人，没想到反而使怪物站立起来，朝那掉队的士兵冲过去。

聚拢在校尉身边的士兵们惊恐万分，等待进攻的命令，校尉却一声不吭，掉头逃走。除了弓箭手又胡乱射出一轮弓箭，其他人都紧随校尉奔逃而去。沿着洛河南岸泥泞的缓坡，他们几乎溃不成军，掉了魂似的逃向城门，全然不顾还有同伴落在后面。

雨下得更大，雾没有全散开，天色显得黑暗。

没到中午，洛阳城外来了怪物这事就传遍全城，恐慌在四处蔓延。所有城门都已关闭，士兵们在城垛上点起火把，搭上弓箭，严阵以待。商铺早早收市，昔日热闹非凡的市场门可罗

雀，街道上，巡逻的兵丁如临大敌，弄得行人也都只顾紧张地赶路。

傍晚时分，全城宵禁，雨小了一些，但雨丝仍像海浪一样细密，使洛阳城整个暗沉成一片迷蒙。

掌灯时分，城墙上的士兵吃惊地发现，那个被认为丢掉性命的士兵，突然出现在城下，他哀号着叫门，可这满身泥泞的士兵，没有头颅！

“我还活着，”士兵把脑袋从盔甲里钻出来，带着哭腔大喊，“怪物吃了我的头盔。”

“蠢货，没我的命令，谁也不准开城门！”城守站在城门上破口大骂，那被吓破胆的校尉则一头扎回营房，躲在被子里再也不肯出来。

“兄弟们，求求你们让我进城，”那孤独的士兵站在城下哀求，“快看，它来了！”

顺着他手指的方向，城墙上的人看到，在细雨迷蒙的薄雾之中，宽阔的河面上，怪物正涉水渡过洛河。他庞大的身躯在浪花里一起一伏，像一头巨大而暴躁的鲸鱼。

院子里弥漫着一股潮湿泥土的气息，风卷起棚顶的树叶，大公鸡啼叫了一声，猩红的鸡冠子一闪，飞掠过高高的围墙，消失不见。

半梦半醒的印微微睁开眼，他想不起自己为什么会蜷缩在客栈背后的牲口棚里。一群山羊瞪着眼睛挤在角落，每当他挪动一下，它们便成群移动发出拉拽干柴的声音。但它们一声不吭，连最幼小的羊羔也不敢叫。

客栈厅堂里传来喧闹声，一群粗鲁的扶桑人因为不能出城而聚在一起喝酒，客栈伙计劝他们尽早回房休息，免得惊动正在外面巡逻的士兵。扶桑人十分不满，敲打碗碟抗议，要求客栈加烤一只羔羊给他们赔罪。不久，果然有一群手持长枪的士兵冲了进来，那些刚刚还在叫嚣的扶桑人顿时鸦雀无声。士兵们被淋得像落汤鸡，个个失魂落魄，军官压低声音嘱咐掌柜："给大伙上点儿热汤。"

两个士兵站在门口，探头往黑沉沉的街道上看了一眼，随即关闭大门。

扶桑人全低着头，大气不敢出，可是，士兵们像根本没看到他们，一个个安静地围坐在桌前，连身上的蓑衣都忘记解下。没有一个人说话，也没人敢轻举妄动。

远处，暮鼓声穿透雨幕，落在房檐上。

印不再看那只羊，他摊开双手，可那东西让他感到害怕。那不是一双手，而是一对蒲扇一样巨大、长满黑毛的铁锤。几只带血的箭还插在肚子上，他并不觉得疼，没把它们拔出来，是因为他不想看到自己的身体。他黝黑的肚皮鼓鼓胀胀，像一块隆起的铁板。在松林里，他曾模模糊糊看到自己的脸，水洼里的倒影称不上一张人脸，而是磨盘一样巨大而扭曲的生铁疙瘩，浓密的胡须是炸开的。一想到女夏曾目睹过自己这副样子，他就难过，还有钟，想到他已经死了，就死在自己面前，他还是不敢相信。

他从未感到像现在这样无助，这样痛恨自己。他伸出手，抱住棚子里那只小火炉。它看上去十分温暖，红红的灯光透过他的双手渗透出来，让他的手掌也散发了光芒。火光烘暖了他僵硬的手指，连胳膊也暖了起来，尽管同时也传出难闻的皮肉烧焦的味道，可他是如此全神贯注，一点都没听到柴门响。

年轻的马夫抱着草料站在牲口棚前，大张嘴巴，吓得忘记逃走。

“嘘……”印伸出手在空中一抓。

那可怜的马夫双腿不由得哆嗦起来，在喊出声之前，尿先下来了。

一听到后院传来的恐怖嘶喊，客栈立刻大乱，扶桑人蜂拥冲向大门，拼命想打开它逃到大街上去，士兵们则背靠背围成一个圈，抽出刀来大喊大叫，比他们更恐慌。

没法再在这里待下去，印翻过院墙，沿幽暗的后巷朝铁匠铺的方向跑去。这时候，在街道巡逻的士兵们纷纷朝这里聚拢，他们一边奔跑一边敲锣，锣声响彻南城。

印一口气跑了七八条街，直到撞上一棵梧桐树才停下喘息。树上的积水噼啪落下，他仰起头，任由它们打湿脸颊和胡须。慢慢吐出一口气之后，他使劲转了转脖子，这一来，他便看到了阁楼上打开的那扇窗。窗子里有张精致但惊愕的脸，印立刻认出是那个姑娘，那个夜晚他摸过的女孩子。他一时不明白自己怎么会跑到归云坞来，而那女孩瞪大了眼睛，脸色苍白地望着他。手里的书，翻滚着掉下阁楼。

“别怕，是我。”印想对她这么说，可发出的声音，却是连他自己都不敢相信的怪物的吼叫声。

“妖怪在这儿！”女孩大叫起来。

妓院炸了锅，人们纷纷推开后窗，一看清那怪物就立刻大叫着把头缩回去。七八个嫖客光着屁股就跑上大街，姑娘们花容凌乱地四处乱窜，从各个角落翻出私房钱，准备一口气逃到街上去。老鸨暴跳如雷，挥舞着皮鞭堵住大门，不准任何人走出妓院。那几个曾把印扔出妓院的彪形大汉，拎着棍棒站在她身后。

“有什么好怕？”老鸨抖动着满脸麻子，怒气冲冲地威胁说，“不就是一头畜生！让他来，我用鞭子好好伺候伺候他。”

当天夜里，妓女们纷纷逃离烟花巷，第一个发现印的姑娘也跟大家一起逃走，但她忍不住又朝屋顶看了一眼，她看到一个孤独的背影从那里跳进夜色。

“有什么好看，你不要命了！”同伴催促她说。

“那个人，我好像在哪儿见过。”

“别傻了，那根本不是人，那是吃人不眨眼的妖怪。”

深吸一口气，印感觉到，旧日铁匠铺的气息又充满自己的肺，这泛着汗酸、煤灰和冶炼金属的浊气，来自这潮湿闷热的狭小之地，它们附在每样铁器上。肮脏的气味就像一块热绷带，糊在他脸上，堵住他的嘴。他曾经那样仇恨这个地方，可现在，他却想整夜坐在这里。

炉膛里透出的火光照在他脸上，使他背后形成一大块阴影。掌柜的歪着脖子坐在阴影里，抱着他从不离手的鸽笼，他慢慢取出那只灰鸽子，轻轻抚摸，一点也没有害怕。

印他盯着他的头顶，那上面头发稀少，显出他是个狡诈而贪婪的人。

“对他也算是个解脱。”掌柜的低沉着说，他说的是钟。

印没说话，只是举起巴掌拍在铁砧上，他似乎没有用力，但铁砧几乎整个没入地面。

“你真想变回去？”掌柜的问。

“让我做什么都行。”

“可你本该如此。”

“狗屁！这不是我。”

“有个故事我想讲给你听，听完你就明白了。”

“不想听。我只想知道真相，越简单越好。”

“你确定？”

掌柜的把鸽子放回笼里，站起身，踱步到炉前。他弯下腰，打开炉门，就那么自然而然地把笼子扔了进去。印冲过去，伸手进炉膛，可鸽笼已经燃烧起来，那可怜的小鸽子在火焰里没扑腾几下就给烧成了黑炭。印抽出烧焦却并不十分疼痛的手，他突然意识到，这绝不是个自己想听的故事。

“故事不长。”掌柜的回到椅子上，重新像干尸一样躺下，“当年，蚩尤攻打黄帝……”

“需要扯那么远吗？”

掌柜的没理他，继续说下去：“黄帝派应龙到冀州抵御蚩尤，蚩尤请来风伯和雨师，纵起一场大风雨。黄帝于是降下一个天女，名叫女魃，前来助战。女魃是旱神，她止住风雨，应龙趁机杀死蚩尤。可是女魃却因神力耗尽，不能再回天上，她只好逃到南方去。身为旱神，女魃所到之处总是带来旱灾，田神只好向上天祷告，祈求将女魃流放到北方去。女魃被流放到赤水河畔，没人知道她从哪里来，要到哪里去，只知道，每到傍晚她便独自一人到河边伫立，仿佛在回想什么……”

“够了！这跟我有什么关系，我不是来听你讲《山海经》的。”

掌柜的笑起来：“没错，就是《山海经》，据说，女魃是你母亲闪的前世……还想听吗？”看到印没有反对，掌柜的继续说，“经过几世轮回，女魃变成闪，但她依然守在赤水河畔，苦苦等待一个人。一天，一个男人经过，为其美貌所倾倒，便与她相爱，而这正是一切不幸的开始。”

“什么不幸？”

“这男人就是钟，你的养父，他深深爱着你母亲闪，可在闪心里一直念念不忘的男人并不是他。”掌柜的故意停顿一下才接着说，“而是曾和她并肩作战的应龙。不久，她从钟口中得知，应龙被困地府，成了魔王，名叫死幕。你想知道真相，真相就是，你的母亲闪根本不是被死幕抢走，她是主动离开钟，投身地府和死幕重聚，才有了你。”

印坐在地上摇头，炉膛里的火光映照在他漆黑的脸上：

“这完全是在胡扯。”

掌柜的没有要停下的意思，他继续说：“可是，钟不甘心，他想夺回闪，竟不惜只身闯罗刹，并向上天祈求帮助。最后，多事的佛印帮了他大忙，替他要回了闪。可是，当钟发现闪怀了死幕的孩子，他原本温和的性情却转瞬大变，他招来一群波斯舞女，当着闪的面寻欢作乐，日夜羞辱她、折磨她，作为惩罚。为了肚里的孩子，闪一直默默忍受着这份屈辱……还想听吗？”

印额头青筋暴露，咬牙切齿：“你接着说。”

“不幸的是，男孩出生不久闪就因难产而死，这事终于触怒了天帝，佛印受到牵连，他怀恨在心，便以那男孩是魔王之子为名，求天帝将他囚禁在蚀骨塔。悲伤的闪托梦给钟，哀求他将男孩抚养长大，闪的死使钟清醒了，他答应闪。子午山的土地丁帮他想到一个办法，用蚀骨溪的溪水洗涤那男孩的身体，使他变成一个看上去普通的男孩。为了报答佛印，钟还用他的法号为那男孩命名，取名为印。”

“故事讲完了？”

掌柜的摇摇头：“你养父是个心胸狭窄、反复无常的庸人，而你被困地府的生父，又是个受到诅咒的魔王，这故事确实不……”

“为什么编这个荒唐故事，是想激怒我？”

掌柜的摇摇头：“只想让你明白你是谁。”

“那你说说，我是谁？”

“你是神魔两界的异数，你是魔王之子，从出生那天起就注定也要成为魔王，这又不是坏事，你怕什么？”

“我没怕。钟说，你会告诉我接下来我该干什么。”

“你必须杀了女夏。”

“为什么？她是谁，为什么……”

“为什么欺骗你？你觉得你喜欢她而她却背叛你，这很不公平，对不对？”

“我只想知道，她是人还是妖？”

“那重要吗？重要的是你必须找到她，亲手杀死她。”

“如果我不呢，会怎样？”

“你会的，一定会。”

“你凭什么这么肯定？”

“因为，”掌柜的眯起眼睛，“你爱她，可在她眼里，你却永远是个丑陋的怪物。”

“怪物？”印来到掌柜面前，没等他反应就将铁砧砸在他脸上。掌柜的脖子顿时就断了。他耷拉着半个被砸碎的脑壳，诡异地笑着：“乖乖，你是怎么看出来的？”

“一进门我就知道你是个冒牌货！”

“怎么会？”照从那具躯体里爬出来，戏弄地看着印，“破绽在哪儿？”

“你的话太多了……掌柜的是个哑巴。”

照愣了一下，突然哈哈大笑：“怪不得，怪不得我进门之后，只有狗在冲我叫，他到死都一声不吭，你们这些……”

话音未落，印已经揪住她的尾巴。

“听我说，印，”照慌乱起来，“杀了我也无济于事，你没有回头路可走……”

“那我也要先杀了你痛快痛快！”

印把照的头用力摁在铁砧上，一拳砸下去，照的脑袋立刻被砸个稀烂。她的身体瘫软在一边，很快，另一颗头长了出来，她打了个很大的喷嚏：“混账，又白白糟蹋我一条命！”她嗖地蹿上房梁，“跟我走，我带你见个人。”

“杀光你这九条命之前，我谁也不见！”

看到印扫了一眼炉膛，照意识到不妙，她想蹿到更高的房梁上，可露出的尾巴却被印一把捉住。印把她从房梁上一把扯在地上，另一只手紧紧箍住她的头，把她整个塞进炉膛：“知道铁匠们为什么世代供奉太上老君？为的就是这炉里能有永不熄灭的三昧真火！”

熊熊烈焰炙烤着照，使她现出狐狸的原形，九条尾巴全部绽开，燃烧起来，她惊慌失措，痛苦哀求："求你放过我，我知道到哪儿能找到你母亲，她……"

"砰"的一声，照变成了一缕青烟。

"老妖婆，有话不早说！"印怒气冲冲盯着火炉，想拿铲子捞出点什么，可那老狐狸已烟消云散。印垂头丧气地坐下。

这时候，那条独眼狗摇着尾巴走进来，它趴在地上，斜着眼睛看着他。

"到最后，我竟然只剩下你……"印苦笑。

听到他这么说，狗懂事地站起来，在他面前摇起尾巴。印忍不住伸出手，摸了摸它的头。

突然，那狗翻个身，长出一口气，开口说道："可算等到这一天了我！憋死我了。"它飞快扫了印一眼，撒腿就往外跑，边跑边说，"千万别跟着我啊，想知道真相去龙门石窟，佛印在等你……"

一阵狂风从屋外吹进来，阻挡了印，等他追出门，只看到满街泥泞和泥泞里两行从狗变成人的脚印。

不知过了多久，正前方的崖壁上突然霞光万道，一尊雍容的大佛平静地目视着前方，脸上一副慈悲为怀的表情。

子夜之时，洛阳城突然燃起一场大火。火从铁匠铺烧起，先引燃西边的茶庄、染布坊，随后借助风势，迅速波及整个南城。救火的人群惊愕地看到，火光中，那个传说中的怪物在烈焰和城中居民之间横冲直撞，狂暴地驱散人群，摧毁房屋，还把几个孩子扔进了护城河。人们一面救火一面咒骂议论，流言很快和火势一起蔓延，不久，怪物火烧洛阳城是为一个女人的消息就传遍全城。那些隔岸旁观的看客们尤其浮想联翩，有人大胆猜测，那个女人就是皇妃靳。没有人关心这场意外大火的源头究竟在哪儿。

破晓之前火势才被控制，城南烧毁了一百多间房屋，流离失所的人在街头聚集，他们一边大声唾骂一边在废墟前拿起刀枪。不久，一支由愤怒人群组成的游行队伍便形成了，他们发誓要全城围捕那肇事的怪物，要把它活活打死。守城官兵有一半被紧急调来防范这股暴民，而实际上，大火恰恰是他们在捕杀印时故意点燃的——最早到达铁匠铺的那一小撮人显然低估了风的威力，而事后，他们又幸灾乐祸地默认了有人替他们背黑锅。

在火势最汹涌的时候，为了阻止大火蔓延，印不得不摧毁几处房屋，还把几个被火围困的士兵丢进了护城河。没人在乎真相。整个洛阳城因为火光和愤怒而沸腾，“杀死怪物”的呼声直冲云霄。

黎明之时，当火势逐渐减弱，在讨伐人潮的呼喊和咒骂声中，印带着烧焦的胡须，筋疲力尽地爬过城墙。此时，他背负的已不仅仅是身世谜团的屈辱、父亲惨死的悲恸和被女夏欺骗的屈辱，还多了整个洛阳城的唾弃与仇恨。

借着朦胧月色，这苦闷的巨人一路沿江疾行。他用尽全力加快脚步，为的是尽快离开这个地方。当深绿色的麦田在河流的南岸徐徐展开，他抬头看看天色，一头扎进路边的黑松林。他越来越喘不上气，每走一步身上的箭伤就更疼一些，有时他不得不停下，扶着树干休息。

天色渐亮之时，他终于咬紧牙关，决心不顾疼痛尽快到达石窟。他根本不在乎佛印是否真在等自己，他想见的人是女夏，他坚信，她一定在那里等他。如果全世界都在欺骗自己，他需要知道，她是否参与其中。如果她是呢？他不知道，不知道自己会不会真的杀死她。然而他想得更多的不是被欺骗和遭到背叛，而是被唾弃，被抛弃，这几乎使他难以呼吸。

一刻不停地向前跋涉着，他的眼睛只盯着前方绵延不绝的寂静的淡蓝色山岭。不知过了多久，正前方的崖壁上突然霞光万道，一尊雍容的大佛平静地目视着前方，脸上一副慈悲为怀的表情。他突然感到害怕，不知真见到女夏，该跟她说什么，而她又会说些什么。他迟疑了很久，直到天光大亮，才终于相信自己已经做好了失望、上当和挫败的准备，他鼓起勇气，朝石窟走去。

到处都是沉默者的目光——那些形态各异的石像，全目不转睛地盯着他，加重了他心里的不安与焦虑。正午时分，天气变得闷热，可是一个人影也没有见到，他失魂落魄，再看那些佛像，就觉得他们有些嬉皮笑脸，像是在交头接耳、窃窃私语，议论自己。

不知不觉他越走越远，渐渐走到山的西面。拐过一道怪石嶙峋的山坳，面前赫然出现一道拔地而起的绝壁。绝壁下，有个看上去非同寻常的洞窟。洞窟外，一幅气势恢宏的浮雕使他震惊，上面绘着一个骇人的杀戮场面：一个赤身裸体，长着三个头的巨人正在追赶拿箭的敌人，他手中的三叉戟穿透了敌人的腹部。这雕像栩栩如生，印觉得，那巨人长得像自己，而浮雕旁黑魆魆的洞穴上刻着几个字：三面神府。

他几乎没怎么迟疑，就低头走进石窟。洞里寒气逼人，天顶射下的光正好投在那尊巨大的神像上。慢慢适应这里的光线之后，他又看清西、北两侧的圣室四面也有开口，分别由一对持戟的护卫神保护。他抖抖肩膀，走向洞窟正中坐着的那尊巨大的三面神像。

这神像有三张脸：正面的神情庄重、平和，充满力量；左面的和蔼可亲，带着慈悲的笑容；右面那个，紧皱眉头，口半开，嘴角露出可怕的獠牙。在这截然不同的三副面孔的注视下，他愈发感到不安，这跟他之前看过的所有洞窟、所有石像，都不一样。他正在惊诧，突然，西侧圣室传来一声细小的咔嚓声。

“谁？谁在那儿！”他大声喝问。可是，只有他自己的声音在洞穴里回荡着。

他充满警觉地闪入黑暗，慢慢向圣室走去，还没等他走到跟前，那里突然传来一连串的咳嗽声，一个老人走出来。他显得很惊恐，拎着凿和盘灯的双手不住在颤抖：“我是这里的刻工，我是瞎的。”

“胡说！”印盯着他手里的盘灯，“瞎子需要灯？”

“这，这是规矩。”老人摸索着点燃盘灯顶在头上，又用发带小心箍住，“这里是三面神府，在此地雕凿，需头顶油灯，以示虔诚。”

“洞外浮雕上是他在杀人，神怎么会杀人？”

老人沉默了一下，说：“他杀的不是人，是鬼——鬼王……浮雕上刻着的是三面神和鬼王的第一次地府之战，那被三叉戟刺伤逃走的就是鬼王。”

“他有三个头？”

“不是三个头，是三张脸。正当中是创造神，左边是守护神，右面气势汹汹的那个是毁灭神。”

“他哪里像神？我看……是妖！”

老人摇摇头：“是人，是魔，也是神，唯独不是妖。”他抬起颤抖的双手，捻灭头顶的盘灯，摸索着，抓住印的手，“你，随我来……”

三面神像背后是道天然崖壁，崖底有道深潭，溪水顺天顶灌入，在崖壁上形成的水帘一直抵达那里。天顶的光透过树叶将斑驳的光影洒下，透过晶莹水波，隐藏在水下的壁画栩栩如生。印看到，在壁画上，一个通身漆黑的巨人正举着被他斩下的头颅仰面饮血，而敌人就跪在面前。他忍不住伸手触摸壁画，清凉的水波在他指尖绕开。

“这上面说的什么？”他问。

“三面神的崛起。”老人低沉地说，“三面神从小被生父抛弃，一直过着寄人篱下、猪狗不如的生活，成年后他得知真相，找到生父，砍下他的头颅，饮下他的血才成为神。”

“他杀了自己的亲生父亲？”

“不止，”老人摇摇头，“你再来看这个……”他继续往前走。

水帘后浮现第二幅壁画，上面是个青年正杀死一个身缠毒蛇的女子，那女人的样子让印想起女夏，她简直和女夏一模一样。

“这是三面神如何杀死女妖，”老人在壁画上摸索着说，“他杀死女妖，却被毒蛇咬伤，变成了怪物，遭到世人唾弃。”

“唾弃？”

“人们把他当成怪物，一个恶灵，说他给人间带来了灾祸。”

印意识到，两幅壁画讲的根本不是什么三面神的故事，这分明是在说自己！他一把抓住老人的衣襟：“你在耍什么花样？”

“不不不，”老人的嗓音突然变得像蛤蟆一样低沉，“三面神之所以能成为神，历经了非人的磨难，为什么他会有三张脸？那是因为，他身上融合了父亲的魔、母亲的仙和自己的人性，他是世间最痛苦的神，也注定将成为最强大的神。”

老人那副惊恐、无辜的样子，到底还是让印心软，他松开手：“我不懂你在说什么。”

“那是因为，” 老人猛烈咳嗽起来，“你还没看到第三幅画。”

“不，我不想再看。”印转身朝洞口走去，一面不屑地说，“一个杀父的妖孽，根本称不上神。”

“……成魔者自有归处。”老人轻声说。

印愣了一下，“成魔者自有归处。”他在心里把这句话默默重复了一遍。

“这就是最后一幅壁画，你不想知道这上面是什么吗？”老人说完，扯断覆盖在石壁上的杂乱水草。

印忍不住好奇，到底走了过去。在水草下面，那崭新的壁画比前两幅更为残忍，上面描绘着一个双眼紧闭的婴儿，他竟用脐带缠住一个妇人的脖子，那妇人表情痛苦，手里攥着匕首，却不忍杀死这个婴儿。

“这是三面神出生时如何杀母的故事。”老人低沉的声音像一道海浪卷过洞窟，令人不寒而栗，“出生杀母者，乃邪魔降临，这种婴孩会遭天谴，日后，当他遇到令他心动的女人，蛰伏心底的魔就会破土而出。”

印恍然大悟，他终于明白老人通过壁画想说什么，可他不敢相信："你是说，三面神不但杀死了父亲、最爱的女人，还在出生时杀死了自己的母亲？而他……"

老人打断他："我带你看的壁画，顺序是反的。杀母是第一幅，意味着他继承了魔王的血脉；杀死心爱的女人，意味着他必将走向沉沦；而要打破魔咒，他必须杀掉自己的魔王父亲，立地成佛，才能成为三面神。没错，"老人带着一种完美的崇敬之情看着印，"你就是他，你就是三面神。"

"你是佛印？！"

老人摇摇头："我是谁不重要，重要的是，这是寒崖十七年前的预言。"

"寒崖是谁，我凭什么要相信他说的话？"

老人笑起来："它不是人，它是这面墙，是飞过你头顶的鸟，是你点燃的火，它无处不在，无所不知。现在，它正在告诉你的，是你离成神只有一步之遥，而我能帮你，带你杀回地狱。"

"杀回地狱？去杀我的亲生父亲？"

老人点点头："放心，我会告诉你该怎么做。"

"如果我说我不想杀他呢？"

"你杀了你母亲！"老人冷酷地说，"可那时你还是个婴孩，是死幕的血让你干出这大逆不道的事，让你成了孤儿，难道你不想复仇，不想成为神？”

“而要成为神，我还必须杀了女夏？”

“没什么舍不下的，她背叛了你，她对你不是真心的，这你心里清楚。”

“不。不是这样。”

“别傻了，她并不是真的爱你，她从没爱过你……在这个世上，没有女人会真的爱上一个怪物。”

印愤怒地转身：“我不是怪物，而你也根本不是……”

可是，老人已经不见了。洞外传来他的声音：“印，你必须割断情欲，你要相信，你根本不需要她。今天将是你此生最难熬的一天，别怕，只要你能杀出一条血路，你就得到了进入地府的机会……记住，成魔者自有归处。”

洞口的光线正在消失。印跑过去，发现一块球形巨石堵住了去路。他用力捶打石球，可那东西根本纹丝不动。他转过身，三面佛的三张脸，似乎全带着嘲弄在注视着他。

“成魔者自有归处，自有归处……”印重复着这句话。

突然，他一跃跳上神坛，举拳便向神像砸去。神像的脸顿时被砸烂，石块纷纷落下。与此同时，石窟里所有守护神全部苏醒，他们挣脱石壁，举起武器，将他包围……

老人站在洞外，他挺直背，原本浑浊的眼睛渐渐变得明亮起来，他恶狠狠地看着那块浮雕，看着浮雕上的鬼王，那就是死幕。

“听见了吗老东西，我说过，我一定会让你后悔当初没早除掉他。”

洞穴里传来沉闷的厮打声，一头狂暴的巨兽正和数不清的敌人恶战。

大约过了一炷香的时间，那沉闷的厮杀声逐渐平息下去，最终完全消失。老人朝石门走去，但只走了两步，他就停下了，因为他听到身后有动静。他转过身，发现那是一个持戟的石头武士，武士目光呆滞。突然，它轰然倒下。在他身后，站着印。

“我知道你是谁，”印眼睛里闪着死神的光芒，“你就是驭野。”

老人无法按捺心中的激动：“你比我想象的更强大。”

“我只问一遍，你为什么要这样做？”

“当然是为了你。”驭野朝他走去，“现在，我们立刻回塔林，钟房间里有盏油灯，你母亲闪的灵魂就在那儿，你只需要在她面前杀死女夏，我就可以带你进入地府。死幕，他注定要毁灭在你手里，你一定会成为神，相信我。”

“我不想成为神，我只想我爱的女人爱我。”

“……别和钟一样没出息！”

“我不想成为神，”印摇着头，一面向驭野逼近，“如果我身体里真的流着魔的血……我要成魔。”

驭野猛然意识到自己犯了一个天大的错误，他低估了这男孩内心的愤怒，他并不像他看上去那么好控制。在印的眼睛里，他终于看到了死幕的影子。

他想跑，可是已经太晚了。

远处山冈上站着两个人，是灯和女夏。

灯压抑着他的惊喜，“他杀了驭野，看到了吗？他把那老东西撕碎了！”灯咧开嘴，笑容竟十分天真灿烂，“这个怪物他真成了魔……可他最终还是会死在我们手上，不，死在你的手上，对不对？”他看着女夏，“不过，我们也要千万小心……”

女夏一动不动，仿佛被冻僵了。

“你在怕什么？”灯问。

女夏转过身去，不再看那血腥的一幕：“我怕我会下不去手。”

“我知道，我知道你喜欢过他，”灯斜着眼睛，故作轻松地说，“可那都是幻觉，好吧，那不是幻觉，可你看他，他现在可是变成了一个彻头彻尾的怪物，你瞧瞧，他有多凶残，你觉得他还是那个男孩吗？你究竟喜欢他什么？”

“我会杀死他，但那不是为了你……”女夏转身朝枫树林走去，“我不忍心看他这样活着受罪。”

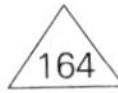

巨大的妖气在城市广场上空弥漫，人们陷入集体的癫狂，
纷纷从地上抠出泥土、石块和碎瓷片冲向靳。

洛阳城外来了位域外高人，人们疯传，说是他用魔笛熄灭了险些摧毁城市的大火，又驱走了闯入城中的怪物，但怪物和大火引发的恐慌并未因此平息，为安抚民众之怒，皇帝不得不让术士们占卜。术士们求助于那位吹笛人，得到的结论令人大为吃惊，罪魁祸首竟然正像民间传言的那样，是皇帝最宠爱的皇妃靳。术士们对吹笛人的结论深信不疑，冒死向皇帝进谏，指出，皇妃靳此前曾多次前往蚀骨塔林，明是祈求子嗣，暗中却和镇压塔下的怪物媾和，才引发了这场倾城之灾。皇帝勃然大怒，靳是他的爱宠，他深深痛恨那吹笛人的诽谤，但此时民怨四起，局面随时会失控，迫于压力，最终他不得不做出牺牲。

一夜之间，靳被贬为庶民，家族满门抄斩，而她本人则被游街示众。

街道上，戒备森严的皇宫卫队缓缓穿行。为争睹皇妃真容，人们蜂拥而至，将街道两侧围个水泄不通。印隐藏在人群之中。他明白，这是灯的阴谋，他要利用这场游行引自己现身，他担心灯会让女夏做了靳的替死鬼，于是冒险回到洛阳。他恢复了人形，洞窟一战让他打开天眼，现在，他轻易就能在人群里辨出假扮人形的妖怪：酒楼上，正搂着妓女撕扯羊腿的是一头金钱豹；药铺门前，垫脚傻笑的伙计露出一截狐狸尾巴；皇宫卫队卫队长怒气冲冲的黄眼珠暴露了他是头傲慢的岩羊……

有人猛地撞他一下，是个长着兔唇的男人，手里捏着一把花生，正一粒粒剥开投进嘴里。“瞧见了吗？洛阳成了名副其实的魔都。”兔唇男哈哈大笑。

印看到，无数鬼魅正在光天化日之下依墙慢行，不时附上人身，使人莫名打个冷战。这荒诞透顶的场面令他感到窒息，渐渐地，他再无法忍受扑面而来的这一幕幕残酷现实，熟悉的洛阳城已经陷入癫狂：一座座王公贵族府邸金碧辉煌，却散发出露天污水沟一样的腐臭，再也闻不到昔日茉莉花的香气，成群结队的乞丐尾随手持香篮的侍女，相互争抢，从地上捡起她们抛撒的苹果桃梨，引来肆意的嘲笑。从城门走向城中心的这段漫长的路，他没有碰到任何对得起他思乡之情的东西，满眼尽是粗鄙、贪婪和叫人伤心的场面。

突然，人群的躁动成片熄灭。印抬头，发现押送靳的囚车正在经过。一旦看到皇妃那超凡脱俗的脸，疯狂叫嚣的人们还是感到震慑，瞬间变得鸦雀无声。

太监总管对此很是满意，他坐在高头大马上，双手举起皇帝诏书，人群立刻齐刷刷跪下，全将脸埋在胸前。太监总管清清嗓子，高声念颂圣意，内容自然表现出皇帝陛下的慈悲与深明大义。突然，他停下来，因为人群中有个人还站着。

印盯着靳，确定那不是女夏，他松了口气，但此时卫队长挥舞皮鞭，七八个持长矛的士兵正朝他奔袭而来。

站在身后的兔唇男人猛地一脚将印踹倒："兔崽子，不想活别连累大家！"

卫队长一把推开兔唇男人，用脚踩住印的脸。印嘴里塞满污泥，可他没有挣扎。太监总管抖抖诏书，继续用他那睥睨众生的奴相，宣读皇帝的圣谕。很快，他再次被打断，一个嬉皮笑脸的乞丐从人群里扔了块西瓜皮在靳身上，靳惊恐万分地尖叫起来，引来人群的哄笑。

太监总管勃然大怒，命令卫队长立刻抓住那个作乱之人，可是，更多人从地上站起来，一旦发现高高在上的皇妃也不过是个凡夫俗子，他们便一边用烧焦的木炭、石块朝靳扔过去，一边大骂着："妖孽！妖孽！"

顷刻之间，靳那洁白的素衣上就溅满了污泥和她自己的血迹。太监总管惊慌失措，一刻也没有犹豫，打马逃向皇宫。卫队长和他的手下再也无法阻止人群，越来越多人向囚车涌来，印吃惊地发现，他们中煽动带头的，竟全是妖怪。

巨大的妖气在城市广场上空弥漫，人们陷入集体的癫狂，纷纷从地上抠出泥土、石块和碎瓷片冲向靳。

“知道他们要干什么吗？”兔唇男人把印从地上拽起来，“妖怪要生吞活剥了她，因为，他们真以为这女人和你有染，可我知道，”他抽刀猛刺印的肋下，“那颗心在你这儿！”

印没给他机会得逞，一把擒住他的手腕，轻轻一用力，就把它掰断。他夺过刀，向着囚车冲去。在奔跑之中，他的身体又变成通体漆黑的怪物。

突然出现在广场上的怪物震惊了所有人，可是，人群虽潮水般退却，妖怪和鬼魅们却兴奋不已。

“就是他，他就是塔中人！”金钱豹在妓院阁楼上呐喊，“杀了他，心肝人人有份！”

在呐喊声中，妖怪们再顾不上隐匿身份，全现出原形，龇开獠牙向印涌去，一场昏天黑地的混战在广场上爆发。印充满斗志，他不再是印，他咆哮，以赴死的决心同群敌恶战，尽情宣泄内心的愤怒。没人是他的对手，他像一道穿梭于乌云间的闪电，将妖怪们一个个放倒。慢慢地，没人再敢轻易靠近囚车。印背靠囚车大口喘气，向四周怒目而视。鬼魂们最先销声匿迹，妖怪们尽管心有不甘，也不敢与他再有目光接触，更不敢上前。地上躺着十七八具尸体，全现出原形，没死的还在痛苦抽搐。

“都给我滚！”印的声音如海浪翻滚。

妖怪们四散逃入人群。印转过身，看着面如土色的皇妃，一下就撕掉她手腕上的镣铐："没事了，你走吧。"突然腰间一凉，他低下头，见一把雪亮的刀刺入左胸，"为什么？"

"你是怪物，怪物！"靳突然歇斯底里地尖叫起来，"我杀了它，快来看啊，我杀了怪物！我是冤枉的，我杀了他……"

在这一声声凄惨的尖叫中，印坐在地上，感到前所未有的空虚。在他眼里，街道变得空空荡荡，没有皇妃，没有囚车，没有妖怪或鬼魅，什么都没有。

远远地，一个五六岁的男孩举着风车向他跑来，竟是孩童时的自己。

印伸手抓一把，从指间掠过的只有虚无缥缈。男孩还在跑，他在追赶远处的男人，大声喊着"爸爸，爸爸！"那醉醺醺的男人弯下腰，把儿子架上肩，又继续摇晃着走向城门。

在一道惨白的光线下，他们一点点消失。

印踉跄着站起身，离开了城市。

妖怪虎视眈眈，不敢靠近，却暗中尾随，一直追踪他来到塔林。

夕阳西沉，印猛然回头，妖怪们立刻蹿进松林里的暗处。

他们不敢逾越塔林封印，也不肯离开。印知道，他们在等，在等待猎物自己倒下。

推开院门，印朝父亲死去的地方走去。

小溪边，一大群乌鸦正在啄食钟的尸体。印冲过去驱散它们，跪在地上。钟只剩下脸和一只手还完整，印握住那只手，发现它和山泉一样冰凉。

暮色四合，水流潺潺，印用双手掘开一道坟，将钟掩埋。在父亲卧房，他找到油灯，点燃放在坟前。火苗突突跳着，像有话要说，却终究没有变成母亲，他从未见过的母亲就像一个从未存在过的人。

当月亮升起越过枝头，他还跪在那儿，伤口开始疼。不知为什么，靳刺的那一刀，伤口并不愈合，一直流血，而刀还在胸口插着。

不知过了多久，身后突然传来窸窸窣窣的声音，是妖怪们。之后的脚步声让印心头一颤，他知道那是她，可他不敢想接下来会发生什么，只觉得四肢松弛而软弱无力，不敢回头。

女夏在他身后站住。温暖正渗入她的骨头，伏在他身上，她疲惫、冷却的心在融解。

“还疼吗？”印说。

听到他这么问，女夏突然嘴一撇，泪珠滚滚落下。她抱住

他，可他却把她推开："我是妖。"他朝树林里扫了一眼，"这些魍魉之徒，个个想吃我的心，以为不死就是永恒，可我想不通，钟为什么没那么做？他不怕死，他不想永生？直到刚才我握住他的手，突然觉得，死像是他一直在等的东西。我不懂，不懂这是为什么。"

"为了你母亲。"女夏紧紧攥住印的手，怕他逃走，"听我说印，这很重要，这对你很重要，你的母亲不是你杀的！"

印转过身，看着她，眼睛红了。

"闪，"女夏说，"她是个了不起的女人，她深知死幕残暴而多疑，他的疑心病会害死你和钟，只有一个办法能证明你是恶魔之子，于是，在你出生那晚闪自杀，还造出是你杀死她的假象，因为只有这样，死幕才不会伤害你。"

印的眼泪夺眶而出。

"不是你的错。"她抚摸着他的脸。

"不，是我的错，我是个怪物。"

"不是！你不是。听我说印，钟直到闪临死才明白她的苦心，闪请求他，无论如何也要把你养大。可是，闪的死触怒天庭，诸神分成两派，多数人倾向除掉你，以绝后患，少数人同情你和你父母的遭遇，最后，天帝决定将你封在这蚀骨塔林。钟为信守对闪的承诺，把你放出来，作为自己的儿子养大，但他一直在担心，担心总有一天你会成魔。他不是不爱你，印，他是不敢。现在你明白了吗？”

她一点也不知道，印听到这些话内心所起的那种惊讶、空虚的情绪，可她必须让他知道真相。印望着她，突然用古怪的音调问：“那你呢，你究竟想要什么？”

女夏半侧着脸，望着溪边的树林：“我本以为，死对你是最好的，那是个解脱。直到今天我才明白，你注定要成为一个除魔者，你在洛阳城里所做的，证明你就是那个人。”

“我有能力斩妖，可我自己也是。”

“不，去见死幕，向他证明他是错的。”她挤出微笑，“成魔者自有归处，你和死幕不一样。”

印看一眼树林：“他们可不会让我活着离开。”

“所以，你必须杀了我……”女夏沉吟片刻，终于抬起头，坚定地看着他，“我看了壁画，我知道，杀了我你就能进入地府，见到死幕，记住，无论他想说什么，不要信，不要给他机会开口，直接走到他面前，杀死他。杀了他，你就成为神。”

“我为什么要成神！”

“印！看着我，告诉我你不会让我白死。”

“我要你活着！我要与你永不分离。”

女夏抱住他，内心巨大的空隙被他的这句话填满：“有这话就够了。”

“像这样死在一起，有什么不好？”他认真地说。

女夏笑着：“别傻了。”

印低下头，呆呆地看着那把没入身体的刀。

“别犹豫，对准这儿用力刺下去！给我个痛快。”她闭上眼睛，整个身心是超脱的，能够被他杀死，这是她能想到的最好的结果。

她在等待，等待那最后的一刻。她确信，她听到了刀子切割身体的声音，可她没感觉到疼。她慌忙睁开眼睛，却看到印正用力扒开自己的胸腔，他从里面掏出一颗血淋淋的心，

“如果这就是你想要的，拿去！”

他把心放在她手上。心在她手指触碰下深沉有力地跳动着，像远方来的一件东西那样十分可怕，使她一点力气也没有：“不，不……”

“我不知道你在怕什么，”印温柔地说，“把它吞下去，就再也没人能威胁你，我不想成神，我不想成什么英雄，我只想，把自己剖开给你……”

女夏感到窒息，眼泪涌出来。

四周很凉，在印眼里，女夏正渐渐变得遥远，像月亮被一

支巨大的弹弓发射向太阳，听得见空气瑟瑟流动的声音，还有那庞大的弓弦的巨响。

一个黑影突然从黑暗里跳出来，一把夺走了那颗心。

女夏跳起来，想夺回心。灯躲开了："我的乖乖，我就说你能办到，快，别白白让那群狗捡了便宜。"他吹了一下短笛，树林里，蠢蠢欲动、步步逼近的妖魅们立刻惊慌失措退到更远的地方，"他们不会死心，快，咱们把它分着吃了。"灯显得十分亢奋。

"你休想！"女夏大喊。

灯的脸上又出现那种纯真的神情："我的心意你是知道的，只要你跟我走，这心，有你一半。一大半。可我知道，你不忍心。别再折磨这个孩子了，吃了它，跟我走。"

"灯，你听我说，"女夏不知印还能撑多久，她必须尽快夺回那颗心，她逼近灯，"你不是一直不明白为什么我不会被塔林封印诅咒吗？那是因为……是死幕让我来的。"

灯的血瞬间就凉了，他把心收到胸前："那不可能。"

女夏恨不得立刻冲上去，可她不敢轻举妄动，怕灯会毁了那东西，她必须说服他："我们一路总能躲过死幕的追杀，你就不想想，这是为什么？凭什么？因为，这一切都是他安排的！是他挑选了你，一切都在他预料之中，你根本就逃不掉。”

“他想干什么？”印感到恐惧，同时感到被羞辱。

女夏跪在印身边，扶住他的肩：“印，你不要死，听我说，闪死后你被蚀骨塔囚禁，可死幕的疑心并未消除，他无法离开地府，于是故意放出消息，让妖魔鬼怪觊觎你的心，但钟从未屈服过，他杀了一个又一个企图迷惑他、接近你的妖魔。当你长到十七岁，死幕意识到他必须加快速度，不仅如此，他还想得到更多——他想让你变得和他一样，而唯有被深爱的女人背叛，才能使你心甘情愿遁入魔界，这就是我，”她看了一眼灯，“为什么会来。”

“你胡扯！”灯打断她。他分不清被死幕摆布和被女夏欺骗哪一个更让他受不了，他狂乱地不知该如何发作，突然就冲向印，一把揪起他的头发，把刀横在他脖子上，“我要杀了他！让死幕彻底死心！让你死了心。”

女夏扑了上去。那把刀并没有割开印的喉咙，而是刺进了她的身体。

灯眼里噙着泪花，他满脸泪痕但是他在笑：“你们成全我，我也成全你们……你们真叫我恶心。放心，我会杀了死幕，让你们死得心服口服。”

他咬咬牙，把刀又猛地横切一下，才攥着那颗心头也不回地走了。

女夏满身是血，她爬到印身边，抱住他的头，呼喊他，想把他从死亡里拽回来：“抱着我，求你，印，抱住我！”

印慢慢睁开眼睛，想抱她，可身体却突然瘫软下去。女夏知道，只有一个办法还能救他还魂，她捧住他的脸，吻他，呼唤他，然后继续吻他。一团微蓝的光从她的嘴唇间，徐徐滚入印的身体。印感到身体变得很轻，当他睁开眼睛，却看到女夏脸上的生机正在一点一点消失。“为什么！”他无助地问。

女夏的气息十分微弱：“……一切他都料到了。”

“谁，”印把耳朵凑在她嘴边，“谁？”

“死幕，”女夏深吸一口气，“他早知道会这样，他给我这魂魄的时候就已经知道……有一天，我一定会把它给你。”

“我不懂。”

“什么也不要想，夺回你的心。”

“为什么，为什么你为他做这一切？”

“……你还不懂吗？”女夏笑了，“我曾经爱他，像我现在爱你一样。”

黑暗里，灯越走越慢。

那群隐藏在树林暗处的家伙一直在尾随他，他们被血腥味折磨得跃跃欲试，不断骚扰。灯不把这些妖怪放在眼里，他们不是他的对手，可杀死女夏让他浑身不舒服。他不想杀她。

那颗心在跳，他低头看着。他突然感到后悔，感到一阵空虚，妖怪们慢慢向他围拢，随时准备一拥而上。灯张开嘴，把心吞了下去。

滚入喉咙的东西像一团野火，使他口渴难耐，他扑向潭边，大口喝水。妖怪们终于再也忍不住，号叫着冲向他，想在最后一刻将他撕碎，从他胃里掏出那颗心。一股不可遏止的力量开始在灯的全身游走，他的身体发生了可怕的变化，他的骨骼、肌肉在狂乱地膨胀、长大、变硬，使他迅速变成一头巨兽。他轻而易举就将扑过来的几个妖怪撕成了碎片，其余的立刻逃开，重新回到树林里，盯着他。

灯冷笑一声，低头看水里的自己。月光下，他丝毫不感到羞耻，相反，他充满想摧毁点什么才够劲的冲动。他抬起头，看到山下的洛阳城，那里万家灯火，使他眼睛里闪出复仇的光。

塔林方向传来悦耳的笛声。

灯两眼闪亮起来，鼻子气得有些发白，他张开嘴，伸出的叉状的软舌头像影子黑魆魆地摇曳。

当印看到灯冲破塔林的砖墙，怒气冲冲地朝自己袭来，他没害怕，还把女夏紧紧抱在怀里。灯放慢脚步，向他逼近：“没心肝儿的人也能活着，你还真是死幕的小杂种！”他看到女夏，眼眶终于湿润了，“再找不到比她更美的女人了，对不对？……死有什么了不起？为了她我什么都肯做，只要她肯跟我走，我可以立刻割掉自己的舌头，永远不再开口。可她从没爱过我，即便她躲藏在我身体里，也没有一刻属于过我。”

“你指望她爱你什么，你的贪婪吗？”

灯哈哈大笑：“就像那首古老的民歌，‘我身上有苍蝇，他身上有苍蝇，就你身上没有苍蝇。’没错！贪婪爬满了我的全身。你就不贪婪吗？你要的情欲远胜于我。人的心有了魔，那才叫贪婪。这世上无人不贪，你也看到了，他们是怎么对待靳的？我不过点燃了他们的恐惧，可残暴的种子是自己生发出来的。还有那狗屁皇帝，明知术士说的是假话，他是怎么做的？他牺牲了他最爱的女人！人，究竟有什么资格瞧不起鬼怪妖魔？你们自己不是吗？你们只是更没种。”

“你成了魔，你有了力量，你想用它做什么？”

“吁……”灯长出一口气，“让我想想。”他像是真的想了一会儿，“我准备，准备打开地狱大门……洛阳城烧起来的样子很好看，可它烧得还不够干净，我该帮帮忙，把这鬼地方彻底烧成灰烬。”

印咬牙想站起来：“我不会让你那么做。”

“就凭你？哈哈哈哈……”灯踩住他的脸，“让我想想……我还想做点儿什么？割掉你的头怎么样？去见你那躲在兔子洞里的老子，我可不能空着手。在那之前，我要在她身上打开地狱大门，你会亲眼看到洛阳城被地狱的烈火焚毁……”

他一脚把印踢开，从地上抓起女夏，用力丢向那口井。印扑过去，跳进井里，一条巨大的舌头一下卷住他的身体，又把他拎了上来。

女夏的身体落入井水中。

“小子，”灯抖抖爪子，“你不配跟她死在一起。”

井水开始沸腾，印明白，他必须抓紧时间，在地狱之门开启之前，他必须除掉灯，他想起女夏的话，现在只有自己能阻止这场浩劫。

“现在你有两颗心，是不是觉得灼热难耐？”他问灯。

“我简直要他妈的烧起来了，可你猜怎么着？我喜欢！它让我觉得我无所不能！”灯皱着眉头，似乎对有件事很费解，“你这怪物，没有心怎么还不死？”

“因为那座塔。”

灯抬头看了看那座黑漆漆的塔。

“塔顶藏着一只魍魉之匣，”印说，“这么多年，每当我要离开塔林，钟就取出我的心存在匣里，那我看上去就像一个人。”

灯怀疑地看着印：“你以为，我会需要那个东西？我可不需要像人。”

“难道你不需要再找个女人来爱你，难道你不需要孩子们看到你的时候对你笑而不是对你吐口水？我知道变成怪物是个什么滋味。”

“那只能证明你软弱，这颗心白在你胸腔里跳了那么久，不过……”灯点点头，“你引起了我的好奇。别耍花样，我会让你死得痛快些。”

灯抓起印，走进蚀骨塔。

“这旋梯有九百九十九级台阶，”印点燃盘灯，高高举起，“魍魉之匣就在塔顶。”

“少废话，你走前面。”灯命令说。

他们一刻不停地向上爬了九百九十级台阶，印终于瘫倒在地。

“继续走！”灯命令道。

“我是个没有心的人，”印苦笑，“我需要休息。”

不远处的台阶上，突然出现一团光。

“那是什么？”灯睁大眼睛，“魍魉之匣？”

印心里没底，可他点点头：“我去拿！”

灯一把抓住他：“小子，别以为我不知道你在想什么，待着别动！”他把印用力扔向身后。他迈开大步向上跑，可那团光总和他保持着距离，“浑蛋，为什么，为什么！你在耍我对不对？”

身后突然传来铁门关闭的声音，灯意识到自己上了当，可他不肯放弃那个盒子。他一边咒骂着一边向上爬，突然，那团光朝着他飘过来，他终于看清，那不过是一群萤火虫。

灯转身向下跑，才走了两三步，就到了塔底。他怒气冲冲，对自己的贪婪感到懊恼和愤怒。他举起拳头狠命砸门，用尽全力冲撞它，想摧毁它，可铁门纹丝不动。他几乎撕碎了屋里所有的东西，可身边只有无边无尽的黑暗和死一般的寂静。

印一边飞快朝井跑去，一边吞下了钥匙。在黑魆魆的井口前，他没有丝毫的犹豫，一跃而下，朝着那无尽的黑水，他跳了下去。

拂晓之前，印一个人离开了洛阳。身后，留下萤火虫萦绕着的两座新坟。

拂晓之前，印一个人离开了洛阳。身后，留下萤火虫萦绕着的两座新坟。

地狱之门没有打开，而从此，人世间多了一个以猎妖为业的无心之人。那天起，那个叫印的男孩不复存在，曾有一个声音对他说："这是你的新生，一切才刚刚开始。"

"不，我活下去，不过是感受死的过程，而死的过程本不应该这样漫长。"

图书在版编目（CIP）数据

蚀骨塔 / 老晃著. —北京 : 九州出版社, 2015.10
ISBN 978-7-5108-4022-7

Ⅰ. ①蚀… Ⅱ. ①老… Ⅲ. ①长篇小说－中国－当代
Ⅳ. ①I247.5

中国版本图书馆CIP数据核字(2015)第262205号

蚀骨塔

作　　者　老 晃 著
出版发行　九州出版社
地　　址　北京市西城区阜外大街甲35号（100037）
发行电话　（010）68992190/3/5/6
网　　址　www.jiuzhoupress.com
电子信箱　jiuzhou@jiuzhoupress.com
印　　刷　北京慧美印刷有限公司
开　　本　880毫米×1230毫米　32开
印　　张　6
字　　数　104千字
版　　次　2016年8月第1版
印　　次　2016年8月第1次印刷
书　　号　ISBN 978-7-5108-4022-7
定　　价　28.00元